L'ivresse d'une nuit

KATE HEWITT

L'ivresse d'une nuit

Traduction française de
LOUISE LAMBERSON

AZUR

HARLEQUIN

Collection : Azur

Titre original :
COUNT TOUSSAINT'S PREGNANT MISTRESS

Ce roman a déjà été publié en 2017

HARPERCOLLINS FRANCE
83-85, boulevard Vincent-Auriol, 75646 PARIS CEDEX 13
Service Lectrices — Tél. : 01 45 82 47 47 - www.harlequin.fr
ISBN 978-2-2804-8775-7 — ISSN 0993-4448

Composé et édité par HarperCollins France.
Imprimé en janvier 2023 par CPI Black Print (Barcelone)
en utilisant 100% d'électricité renouvelable.
Dépôt légal : février 2023.

FSC www.fsc.org MIXTE Papier issu de sources responsables FSC® C159065

Pour limiter l'empreinte environnementale de ses livres, HarperCollins France s'engage à n'utiliser que du papier fabriqué à partir de bois provenant de forêts gérées durablement et de manière responsable.

1.

Les applaudissements cessèrent peu à peu et un silence absolu s'installa dans la salle Pleyel.

Abigail Summers inspira lentement, posa les doigts sur les touches du piano à queue, ferma les yeux et commença à jouer.

La musique surgissait du plus profond d'elle-même et se répandait à travers ses mains, tandis que jaillissaient les notes tourmentées de la vingt-troisième sonate pour piano de Beethoven. Abigail n'avait plus conscience de la présence du public, la mélodie s'emparait de son corps, de tout son être.

Pourtant, au milieu de l'*Appassionata*, une sensation étrange se fit jour en elle. Quelqu'un l'observait avec une intensité particulière, elle *sentait* des yeux rivés sur elle. Bien sûr, plusieurs centaines de personnes la regardaient, mais ce regard-là — elle savait d'instinct que c'était celui d'un homme — était différent. *Unique*…

Elle se concentra sur son jeu, mais ne put ignorer le frisson qui la parcourait. Stupéfaite, elle se rendit compte qu'elle avait hâte que le morceau se termine. Comment était-ce possible ? Jamais encore un tel événement ne s'était produit…

Lorsque les dernières notes moururent enfin dans l'immense salle de concert, Abigail leva les yeux.

Elle le vit aussitôt. En dépit des projecteurs qui l'éblouissaient et de l'océan de visages tournés vers elle, son regard se dirigea sans hésitation vers lui.

Il la regardait, lui aussi. Elle distingua une masse de cheveux sombres, légèrement décoiffés, un visage aux traits ciselés et des yeux d'un bleu intense, brûlants.

Peu à peu, les gens commencèrent à s'agiter sur leurs sièges. En effet, elle aurait dû attaquer le morceau suivant, une fugue de Bach, mais elle restait immobile, clouée sur son tabouret.

Se ressaisissant brusquement, elle respira à fond et se força à se concentrer, à ne penser à rien d'autre qu'à la musique. A sa beauté.

Cependant, alors qu'un murmure de soulagement collectif montait du public, le regard incandescent de l'inconnu resta gravé en elle.

En proie à une tension incroyable, Luc Toussaint contemplait la jeune musicienne. Cela faisait si longtemps qu'il n'avait rien éprouvé de tel… Lorsque Abigail Summers, jeune prodige de renommée internationale, était apparue sur scène, l'espoir avait refleuri en lui, les cendres de l'homme qu'il avait été s'étaient ranimées et il avait commencé à croire en l'impossible.

Bien sûr, il avait vu des photos de la jeune pianiste sur les affiches, mais rien ne l'avait préparé à l'émotion qui l'avait submergé quand il l'avait vue apparaître sur scène. La tête haute, les cheveux brillants et noirs noués en un élégant chignon, vêtue d'une longue robe de soirée noire qui lui arrivait aux chevilles, elle était d'une beauté stupéfiante. Rien ne l'avait préparé au mélange d'espoir et de joie qui avait alors déferlé en lui.

Cela faisait six mois que Suzanne était morte. Il n'avait trouvé ses lettres et avait compris la vérité sur son accident que depuis un peu plus de six heures. Depuis cette découverte, la culpabilité le rongeait impitoyablement.

Quittant le château et les souvenirs qu'il contenait, Luc s'était rendu à Paris où il avait évité son appartement et tout ce qui pouvait lui rappeler le passé. En fin d'après-midi, une impulsion l'avait amené à se rendre à ce concert après avoir vu une affiche. Cela lui permettrait peut-être de ne plus penser, ne serait-ce que durant quelques heures, avait-il songé.

Il se sentait si vide, coupé de toute émotion… jusqu'à ce qu'Abigail Summers traverse la scène et se mette à jouer.

A vrai dire, l'*Appassionata* était l'une de ses sonates préférées et il l'avait entendue en concert plusieurs fois. Néanmoins, la jeune pianiste avait apporté une nouvelle énergie et une émotion particulière dans l'interprétation de cette œuvre. Sans s'en rendre compte, Luc s'était retrouvé poings serrés, le regard rivé sur Abigail Summers comme s'il pouvait la forcer à lever les yeux vers lui.

Et, dès que la sonate avait été achevée, elle avait répondu à son appel silencieux. Lorsque son regard avait croisé le sien, il s'était senti traversé par une sorte de reconnaissance. C'était impossible, il ne l'avait jamais rencontrée, ni même vue auparavant. Pourtant, le monde avait semblé retrouver son équilibre. Il s'était enfin senti entier.

Et l'espoir avait jailli…

Cette sensation entêtante, merveilleuse, l'enivrait. Elle était également terrifiante : soudain, il désirait oublier tout ce qui s'était produit, toutes les erreurs qu'il avait commises durant ces six dernières années. Il voulait se perdre dans ce regard, dans ce corps de femme, même si cela ne pouvait qu'être éphémère.

Cependant, il se sentit bientôt gagné par un sentiment familier de désespoir. Comment pouvait-il désirer une femme, alors qu'il n'avait plus rien, absolument plus rien, à lui offrir ?

Abigail se laissa tomber sur son siège, devant le miroir de sa loge, puis ferma les yeux. Le concert lui avait semblé interminable. A l'entracte, elle avait passé vingt minutes à arpenter les coulisses.

« Pense à la musique, Abigail ! » Toujours la musique. Elle n'avait jamais eu le droit de penser à autre chose. Avant ce soir, elle n'avait même pas su qu'elle pouvait désirer autre chose.

Or, il avait suffi du regard d'un inconnu pour que quelque chose bascule en elle, qu'elle prenne conscience d'un besoin jamais ressenti auparavant : voir cet homme, lui parler, le toucher…

Elle frissonna de désir et de crainte mêlés. Son père, qui était aussi son imprésario, n'était pas là : il était resté retenu à l'hôtel par un mauvais rhume.

L'inconnu viendrait-il la voir dans sa loge ?

Habituellement, ses admirateurs essayaient de l'y rencontrer, lui faisaient parvenir des fleurs, des félicitations, des invitations. Suivant la politique stricte de son père, Abigail acceptait les cadeaux et refusait les invitations. Depuis sept ans, elle lui obéissait et gardait donc ses distances avec le public, avec la vie elle-même, pour entretenir sa réputation de « Virtuose du piano », douée et inaccessible.

Elle avait toujours détesté ce surnom trouvé par les journalistes. Il lui donnait l'impression d'être un poulain dressé pour les courses, protégé de tout et de tous. Ce soir, elle n'avait aucun désir de garder ses distances, ni d'être protégée. Au contraire, elle voulait qu'il l'approche…

C'est ridicule, songea-t-elle en se faisant une grimace dans le miroir. Leur échange n'avait duré qu'un instant, ensuite elle n'avait plus osé se tourner vers lui, partagée entre la crainte et le désir de croiser de nouveau son regard.

A cet instant, on frappa légèrement à la porte de sa loge et un employé de la Salle Pleyel passa la tête dans l'entrebâillement.

— Mademoiselle Summers, acceptez-vous de recevoir des visiteurs ?

— Je..., commença-t-elle, la bouche subitement sèche.

Acceptait-elle de recevoir des visiteurs ? La réponse était « non », bien sûr, cela avait toujours été non. D'ordinaire, elle leur faisait transmettre un programme dédicacé et ils s'en satisfaisaient.

— Sont-ils nombreux ? finit-elle par demander.

— Une douzaine. Ils désirent des autographes.

Une vive déception envahit la jeune femme. Cet homme n'avait pas le profil d'un chasseur d'autographes, elle en était certaine.

— Très bien. Vous pouvez les laisser entrer.

Elle vérifia son aspect dans le miroir. La soie noire la faisait paraître très pâle, presque fantomatique, et ses yeux gris lui semblèrent immenses et brillants.

Lorsqu'on frappa de nouveau à la porte, elle se retourna en souriant.

Ce n'était pas lui, évidemment... Quelques femmes d'un certain âge entrèrent, accompagnées de leur mari et lui tendirent leurs programmes, lui adressant force sourires et compliments.

Quelques instants plus tard, elle se retrouva seule et se demanda si elle n'avait pas rêvé cet inconnu. Habituellement, les lumières des projecteurs étaient trop fortes pour qu'elle puisse identifier un visage parmi le public. S'était-elle imaginé ce regard brûlant ?

Lentement, elle se leva et prit son vieux duffel-coat, qui semblait incongru sur sa robe de soirée. Allait-elle prendre un taxi pour rentrer à l'hôtel, puis boire un verre de lait chaud en racontant la soirée à son père avant d'aller se coucher comme la petite fille sage qu'elle était ?

Elle en avait assez de cette vie toute tracée qui était devenue la sienne, songea-t-elle en boutonnant son manteau. Le fait d'avoir aperçu cet homme, qui qu'il puisse être, avait éveillé en elle un besoin de bouleversement, d'enfin se révéler, elle et sa vraie vie.

Mais comment faire ? se demanda-t-elle en soupirant. Elle avait vingt-quatre ans, était seule à Paris avec la soirée devant elle et n'avait aucune idée de la façon dont elle pourrait étancher cette soif de vie qui l'assaillait brusquement.

A cet instant, l'employé revint lui demander si elle désirait un taxi.

— Non, merci, j'ai envie de marcher.

— Mais, mademoiselle, il pleut..., répondit l'homme d'un air surpris.

— Peu importe, fit-elle en souriant. Je vais rentrer à pied.

Il se contenta de hausser les épaules avant de disparaître et Abigail quitta sa loge avant de gagner le hall de la salle Pleyel.

Arrivée sur le trottoir, elle regarda la rue Saint-Honoré vide, le trottoir brillant de pluie, les phares des taxis balayant la chaussée de faisceaux clairs.

Qu'allait-elle faire ? Son hôtel, un établissement modeste, se trouvait à un peu moins d'un kilomètre. Effectivement, elle pouvait rentrer à pied. Quelle aventure fantastique ! songea-t-elle avec une ironie amère.

Néanmoins, elle s'avança, consciente de sa solitude. Soudain, une femme vêtue d'un manteau de fourrure et couverte de bijoux sortit d'un hôtel luxueux, l'air hautain, avant de s'engouffrer dans le taxi qui l'attendait.

Abigail s'arrêta et regarda la lumière qui se déversait du hall somptueux de l'établissement. A travers les vitres étincelantes, elle aperçut des murs recouverts de marbre et un immense lustre en cristal. Sans réfléchir, elle poussa la porte.

— Mademoiselle... ? demanda un jeune groom en livrée en s'inclinant devant elle.

— Je cherche le bar, répondit-elle avec assurance.

Le jeune homme fit un geste vers la droite et, suivant son

indication, elle se retrouva bientôt dans un endroit raffiné, se demandant ce qu'elle faisait là.

Après s'être juchée sur un haut siège en cuir, elle posa les mains sur la surface brillante du bar. Le barman, vêtu d'un smoking impeccable, essuyait lentement un verre. Il lui jeta un coup d'œil, s'attardant à peine sur le duffel-coat usé et la robe de soie noire visible dans l'encolure entrouverte.

— Désirez-vous boire quelque chose ? demanda-t-il d'un ton absolument neutre.

— Oui. Je voudrais…

Elle aurait pu commander du vin ou du champagne, mais désirait quelque chose de différent.

— Donnez-moi un Martini.

— Dry ?

De quoi avait-elle envie ? Quel goût pouvait bien avoir un Martini Dry ? Et pourquoi diable en commander un ?

— Dry, répondit-elle d'une voix ferme.

Le barman lui tourna le dos pour lui préparer sa boisson et Abigail regarda machinalement vers l'autre extrémité du bar. Avant que l'homme qui y était assis ait levé les yeux ou remarqué sa présence, elle sentit un frisson à la fois brûlant et glacé lui parcourir le dos.

C'était lui…

2.

Un violent tremblement la parcourut et son cœur se mit à battre rapidement.

Il était perché lui aussi sur un haut tabouret, la tête penchée en avant, un verre de whisky posé devant lui.

Comme s'il avait senti son regard, il releva la tête et Abigail sentit son souffle se bloquer dans sa gorge. Aussitôt, leurs regards se soudèrent, exactement comme cela s'était produit quelques heures plus tôt dans la salle de concert, mais cette fois, leur échange dura ce qui lui sembla une éternité. Incapable de détourner les yeux, elle avait l'impression d'être suspendue dans le temps, l'espace, en une sorte d'attente immobile.

— Vous êtes encore plus belle que sur scène, dit-il soudain, dans un anglais teinté d'un léger accent français.

Sa voix grave avait résonné dans le bar désert. Ainsi, il l'avait reconnue, songea-t-elle avec un mélange de plaisir et de surprise, mais ce n'était pas étonnant, des tas de gens la reconnaissaient. N'était-elle pas la « Virtuose du piano » ? Cependant, sous la chaleur tranquille du regard de l'inconnu, Abigail comprit qu'il ne la voyait ni comme un prodige, ni même comme une pianiste. Il la regardait comme une femme et cette sensation était merveilleuse.

— Vous vous souvenez de moi, murmura-t-elle, rougissante.

— Bien sûr, dit-il avec un léger sourire et maintenant, je sais que, vous aussi, vous vous souvenez de moi.

Se sentant devenir écarlate, elle détourna la tête et prit le verre que le barman venait de déposer devant elle avant d'en avaler une longue gorgée.

Aussitôt, elle s'étrangla et reposa brusquement le verre sur le bar. L'inconnu descendit alors de son tabouret et vint s'installer à côté d'elle. Abigail sentit la chaleur émaner de son corps mince, inhala le parfum boisé et musqué de son eau de toilette et s'étrangla de plus belle.

— Vous allez bien ? demanda-t-il avec sollicitude.

Néanmoins, une lueur amusée scintillait dans son regard.

— Oui. Mais c'est… Je me suis étranglée, dit-elle en s'essuyant les yeux.

— Cela arrive, murmura-t-il.

Cependant, elle comprit qu'il n'était pas dupe.

— A vrai dire, je n'avais jamais bu de Martini Dry, avoua-t-elle en le regardant. Je ne savais pas que c'était si fort.

Cet homme dégageait une aura de force virile, songea-t-elle en contemplant son torse puissant. Une beauté austère émanait de ses traits, de ses hautes pommettes, de ses yeux d'un bleu perçant. Un peu longs sur la nuque, ses cheveux brun foncé étaient parsemés de quelques fils argentés sur les tempes et sa mâchoire volontaire donnait une impression de force, mais aussi, étrangement, de souffrance. Il semblait marqué par la vie, peut-être même par une tragédie.

— Pourquoi avez-vous commandé ce cocktail ?

— Parce que je pensais que c'était une boisson sophistiquée, avoua-t-elle. C'est ridicule, n'est-ce pas ?

Il pencha légèrement la tête de côté, souriant franchement, et elle découvrit une irrésistible fossette sur sa joue. Le regard de l'inconnu se promena sur le manteau usé puis descendit sur sa robe, avant de s'attarder sur ses escarpins à hauts talons.

— C'en est assurément une, approuva-t-il, puisque vous êtes vous-même très sophistiquée.

Cette fois, Abigail éclata de rire.

— Vous êtes très flatteur, monsieur… ?

— Luc.

— Monsieur Luc ?

— Non, Luc tout court. Je connais déjà votre prénom, Abigail.

— Abigail.

Cette fois, il lui adressa un sourire très doux, qui fit naître une douce chaleur en elle. Cette sensation inconnue coulait dans ses membres comme du miel tiède, diffusant une torpeur délicieuse dans tout son être.

— Alors, reprit-il en jetant un coup d'œil bref au Martini, qu'en pensez-vous ?

— Je crois que je préfère le champagne, reconnut-elle.

— Très bien.

D'un mouvement de la main à peine perceptible, il appela le barman qui s'empressa de venir prendre sa commande. Quelques instants plus tard, celui-ci posa devant eux une bouteille dont Abigail reconnut la marque prestigieuse.

— En prendrez-vous un verre avec moi ? demanda Luc.

Abigail réprima une brusque envie de rire. Durant toutes ces années passées à se produire en concert, jamais elle n'avait fait une telle rencontre. Au fond, elle n'avait jamais fait *aucune* rencontre, excepté les quelques moments soigneusement orchestrés par son père, au cours desquels elle signait des programmes. Elle avait alors l'impression d'être une créature exotique exhibée dans un zoo, observée, admirée, puis abandonnée.

En cage, songea-t-elle soudain. Toute sa vie, elle avait été en cage, jusqu'à cet instant.

— Oui, dit-elle, volontiers.

Luc l'entraîna vers une table et ils s'installèrent dans de profonds fauteuils en cuir gris foncé. Le barman fit sauter le bouchon de la bouteille de champagne et versa le liquide doré dans deux flûtes en cristal.

— Aux surprises inattendues, dit Luc en levant son verre.

— Toutes les surprises ne le sont-elles pas ? ne put s'empêcher de remarquer Abigail.

Son beau sourire illumina une fois encore son visage viril.

— Oui, en effet, approuva-t-il.

Puis il porta son verre à ses lèvres. Elle l'imita et laissa glisser le délicieux breuvage dans sa gorge. Les bulles semblaient éveiller tout son corps, pétiller dans chaque veine, chaque artère.

Tout en cherchant désespérément quelque chose à dire, elle reposa la flûte en cristal sur la table. Elle avait donné des concerts dans les salles les plus prestigieuses des capitales européennes, mais en présence de cet homme, se sentait intimidée, presque gauche.

Lui jetant un regard à la dérobée, elle remarqua la détermination qui empreignait ses traits, en totale opposition avec son ton léger et l'éclat de son sourire. Il y avait quelque chose de très sombre en lui, se dit-elle soudain.

Il termina son champagne avant de se tourner vers elle en souriant.

— Je ne m'attendais pas à vous revoir. C'est la providence, n'est-ce pas, qui vous a amenée ici ?

La providence, cette manifestation du destin…

— Je ne sais pas pourquoi je suis entrée dans cet hôtel, répondit-elle avec un petit haussement d'épaules. J'aurais dû prendre un taxi et rentrer directement après le concert.

— Pourquoi ne l'avez-vous pas fait ?

— Parce que…

Comment aurait-elle pu lui expliquer qu'à l'instant où elle l'avait aperçu dans la salle de concert, tout avait changé ? Qu'elle s'était trouvée envahie par des désirs et des sensations qu'elle n'avait jamais éprouvés auparavant ?

— Parce que je me sentais agitée, répondit-elle enfin.

Luc hocha la tête, comme s'il la comprenait.

— Lorsque je vous ai vue, dit-il en contemplant son

verre vide, ce que j'ai ressenti ne m'était pas arrivé depuis longtemps.

A ces mots, Abigail fut traversée par un frisson.

— Et qu'avez-vous ressenti ? demanda-t-elle d'une voix sourde.

Il lui adressa un regard ouvert et franc qui la surprit.

— De l'espoir, répondit-il, tendant la main pour lui effleurer une mèche de cheveux.

Ses doigts lui avaient à peine frôlé la joue et pourtant, ce contact fit naître une sensation qui la submergea.

— Ne l'avez-vous pas ressenti aussi, Abigail ? continua-t-il. Quand vous étiez sur scène et que nos regards se sont croisés ?

Il s'interrompit un instant avant de reprendre :

— C'était comme une décharge électrique, un instant magique.

— Oui, chuchota-t-elle. J'ai ressenti la même chose.

— J'en suis heureux, dit-il avec un léger sourire.

Après avoir pris la bouteille de champagne, il remplit leurs deux flûtes, même si Abigail avait à peine touché à la sienne.

— Etes-vous contente de ce concert ?

— Je ne sais pas, répondit-elle avant d'avaler une gorgée de champagne. Je ne me souviens pas de grand-chose.

— Pour être franc, moi non plus, dit-il en riant doucement. Quand vous êtes apparue sur la scène, tout le reste s'est évanoui. Je n'attendais plus que le moment de pouvoir vous parler.

— Pourquoi n'avez-vous pas... ?

Abigail se tut et se mordit la lèvre.

— Pourquoi ne suis-je pas venu vous voir après le concert ?

— Oui, murmura-t-elle.

Luc contempla son verre un instant, avant de relever la tête et de la regarder dans les yeux.

— J'ai pensé que je ne devais pas aller vous rejoindre.

— Mais…, commença-t-elle, perplexe.

Soudain, tout cela lui parut absurde, ridicule. Ils n'avaient échangé qu'un regard… Elle reposa sa flûte sur la table.

— Tout cela ne semble pas…

— Réel ? l'interrompit-il en détournant un instant les yeux. Non, peut-être pas, en effet,

Avait-elle dit quelque chose de déplacé ? se demanda Abigail, remarquant son air tendu et sa mâchoire crispée. Il se retourna vers elle en souriant légèrement.

— Peut-être est-ce le moment de redescendre sur terre. Parlez-moi de vous.

— Si vous lisiez ma biographie dans le programme, vous…, commença Abigail en haussant les épaules.

— Je n'apprendrais que des faits, mais sûrement pas la véritable nature de votre personnalité.

— Je ne suis pas sûre de la connaître moi-même ! répliqua-t-elle avec un sourire ironique. Cette notion est plutôt mystérieuse.

— Eh bien, moi qui voulais être terre à terre, c'est réussi ! Racontez-moi autre chose, alors. Mais dites-moi, avez-vous dîné ? Boire du champagne à jeun n'est pas très raisonnable.

Comme pour répondre à sa question, Abigail sentit le vide de son estomac.

— Non, avoua-t-elle.

Après avoir fait un signe au serveur, il lui demanda le menu et, quelques instants plus tard, il avait passé sa commande.

— Cela vous convient ? demanda-t-il en se tournant vers elle. Je n'ai pas envie que nous perdions du temps avec des détails.

Abigail hocha la tête, bien qu'elle ait cru l'entendre commander des escargots, dont elle n'était pas particulièrement friande. Après tout, cela n'avait pas d'importance.

— Maintenant racontez-moi, reprit Luc en la contemplant avec des yeux brillant étrangement dans la lumière tamisée. Par exemple, quelle est votre couleur préférée, ou si vous avez un chien. Ou un chat ?

— Ni l'un ni l'autre. Et vous ?

— Que voulez-vous savoir ?

Elle réfléchit. Que voulait-elle savoir sur lui ? *Tout*. Elle voulait le connaître, avoir la possibilité de le connaître. Elle désirait s'endormir et se réveiller à son côté…

— Vous ronflez ? demanda-t-elle soudain avant de rougir violemment.

— Quelle question ! s'exclama-t-il en haussant les sourcils d'un air choqué. Comment pourrais-je le savoir ?

Il lui adressa un sourire qui provoqua des frémissements étranges dans le corps de la jeune femme.

— En tout cas, personne ne m'a dit que je ronflais.

— Ah… Eh bien… Bon…, balbutia-t-elle en jouant nerveusement avec sa serviette en papier.

Soudain, elle se figea en sentant une main chaude couvrir la sienne.

— Abigail. Vous êtes nerveuse.

— Oui, reconnut-elle en se forçant à le regarder. Je ne suis pas… Je n'ai pas l'habitude d'accepter les invitations d'hommes que je ne connais pas.

— Et vous avez probablement raison. Mais je vous promets que vous n'avez rien à craindre avec moi.

Il avait parlé avec une telle sincérité qu'elle ne pouvait que le croire.

— Je sais.

Un serveur en veste noire s'approcha silencieusement avec un plateau. Sans dire un mot et sans les regarder, il déposa les plats sur la table avec des gestes stylés.

Quand il se fut éloigné, Luc désigna les asperges disposées artistement autour de fines tranches de bœuf froid.

— Cela vous tente ?

— Hum… Cela a l'air délicieux, répondit Abigail en prenant sa fourchette.

Mais avant de la piquer dans une asperge, elle le regarda.

— Avez-vous été surpris de me voir ici, dans ce bar ?

— J'ai d'abord pensé à une apparition. Et pourtant, en même temps… c'était comme si je savais que vous viendriez et que je ne m'en sois rendu compte qu'au moment où je vous ai vue là, à quelques mètres de moi.

— J'ai ressenti la même chose, chuchota-t-elle.

— Peut-être, dit-il lentement, presque avec regret, que certaines choses doivent arriver.

— Oui, répliqua-t-elle avec un petit rire hésitant. Mais comme je l'ai dit tout à l'heure, tout cela semble irréel.

— C'est toujours le cas avec les bonnes surprises, répliqua Luc d'un ton cynique.

Elle le regarda avec surprise. Que lui était-il arrivé pour qu'il parle ainsi ? se demanda-t-elle.

— Mais cette soirée est bien réelle, ajouta-t-il.

— Et je sais que vous ne ronflez pas, fit Abigail pour détendre l'atmosphère. Mais je ne sais pas grand-chose d'autre. Sinon que vous êtes français.

— Oui.

— Mais vous parlez très bien anglais.

— Comme vous le français.

Elle hocha la tête pour le remercier avant de poursuivre.

— Et vous ne m'aviez jamais entendue jouer auparavant.

— Non. Vous êtes un bon détective, dit-il avant de piquer à son tour sa fourchette dans une pointe d'asperge.

— Vous ne vivez pas à Paris ?

— Non.

— Et vous êtes riche, ajouta-t-elle.

— Je ne peux pas me plaindre, en effet. Vous non plus, je suppose ?

Abigail hocha lentement la tête. En effet, elle avait beaucoup d'argent. Son père le gérait, depuis qu'elle avait commencé sa carrière de musicienne professionnelle à l'âge de dix-sept ans et elle ignorait totalement à combien s'élevait ce qu'elle possédait. Son père lui donnait ce dont elle avait besoin pour ses dépenses et cela lui suffisait. A vrai dire, elle n'avait pas de grands besoins. Elle aimait visiter les musées, prendre un café-crème dans leur cafétéria, acheter des livres d'art. La plupart de ses vêtements étaient choisis par une styliste qui s'occupait également de ses cheveux, de ses mains et de son maquillage. Elle prenait ses repas au restaurant ou à l'hôtel et, parfois, dans le train. Soudain, cette existence lui sembla terriblement fade, d'une profonde tristesse.

— Vous avez l'air songeur, murmura Luc. Ai-je été indiscret ?

— Non. Vous n'y êtes pour rien, répondit-elle rapidement en souriant. Je... Je réfléchissais, c'est tout.

Elle refusa de s'appesantir sur la prise de conscience à laquelle elle se trouvait confrontée. Jusqu'à ce soir-là, n'avait-elle pas été heureuse, ou du moins satisfaite ?

— Puisque vous n'êtes pas parisien, d'où venez-vous ? reprit-elle.

Il resta silencieux un long moment, comme s'il répugnait à lui répondre.

— Du Sud, répondit-il enfin. Du Languedoc.

— Je n'y suis jamais allée.

— Il n'y a pas de salles de concert, là-bas, répliqua-t-il avec un léger sourire.

Il est vrai que sa vie s'était effectivement déroulée en fonction des salles de concert : Paris, Londres, Berlin, Prague, Milan, Madrid. Abigail avait vu tant de capitales, tant de salles somptueuses et de chambres d'hôtel anonymes. Le Languedoc... Elle se demanda s'il possédait un manoir, peut-être même un château.

— Vous vous plaisez dans cette région ?

— Je m'y plaisais, répondit-il d'une voix dépourvue de toute émotion.

Une soudaine tension envahit l'atmosphère, puis il haussa les épaules et sourit en se penchant vers elle.

— Mais assez parlé de moi, reprit-il en la regardant avec une lueur indéchiffrable au fond des yeux. A vous, à présent.

Elle lui rendit son sourire. Visiblement, ils ne voulaient parler d'eux ni l'un ni l'autre...

— Dans le programme, j'ai lu que vous aimiez particulièrement interpréter l'*Appassionata*, poursuivit-il. Pourquoi ?

— Parce que cette sonate est belle et triste à la fois, répondit-elle, surprise par sa question.

— Et cela vous plaît ?

— C'est... Je ressens parfois ce mélange d'émotions.

Abigail s'interrompit, stupéfaite d'avouer ce qu'elle ne s'était jamais dit à elle-même. Elle adorait la musique, sa carrière était des plus brillante et pourtant, sa vie ne s'était pas déroulée comme elle l'avait voulu. Tout à coup, elle avait l'impression qu'il lui manquait quelque chose, un élément essentiel, connu de tous sauf d'elle.

Espérait-elle le découvrir ce soir-là, avec cet homme ? Etait-ce vraiment possible ? se demanda-t-elle en portant son verre à ses lèvres.

— Pourquoi m'avez-vous posé cette question ? demanda-t-elle après avoir pris une gorgée de champagne.

— C'est l'un de mes morceaux préférés et pour la raison même que vous avez invoquée, répondit-il en hochant la tête avec un sourire imperceptible. Cette sonate est belle et triste.

— Nous sommes bien sombres ! s'exclama-t-elle avec un petit rire nerveux. En tout cas, j'aime beaucoup la jouer.

Le serveur revint débarrasser la table avant de disparaître de nouveau, aussi silencieux et gracieux qu'un chat.

Abigail se rendit compte que le temps passait très vite.

A présent, minuit approchait et son père devait l'attendre. Peut-être dormait-il, auquel cas, il ne s'inquiéterait pas.

Comment cette soirée allait-elle se terminer ? Soudain, dans un mélange de joie et d'inquiétude, elle s'aperçut qu'elle ne voulait pas qu'elle se termine, pas encore…

— A quoi pensez-vous ? demanda Luc. Au fait que le temps passe ? Que nous n'avons plus que quelques heures ?

— Comment avez-vous… ?

— Parce que je pense la même chose, l'interrompit-il. Peut-être est-ce tout ce qui nous sera accordé.

— Non !

Le mot lui avait échappé comme un cri, un aveu.

— Je ne veux pas que cette soirée s'achève, ajouta-t-elle dans un souffle.

Luc la regarda, les yeux sombres.

— Moi non plus, dit-il tranquillement. De toute façon, nous n'avons pas encore terminé ce repas.

Après un instant, Abigail hocha la tête en silence. Elle ne songeait pas à la nourriture, pas plus que lui d'ailleurs. Mais que désirait-elle vraiment ? se demanda-t-elle, le corps de nouveau envahi de frissons.

A cet instant, le serveur réapparut avec le plat suivant, une terrine de légumes aux herbes aromatiques qui dégageait un parfum délicieux.

Au cours du repas, la conversation devint plus légère, plus facile et, le vin aidant, Abigail lui avoua un peu plus tard qu'elle n'avait jamais pu se résoudre à manger des escargots.

— Si l'on vous donnait la possibilité de faire une chose dont vous avez réellement envie, lui demanda alors Luc, que feriez-vous ?

A présent, elle se sentait merveilleusement détendue et, appuyant son menton dans sa main, elle répondit d'un ton rêveur :

— Faire voler un cerf-volant. Ou apprendre à cuisiner.

Luc éclata d'un rire surpris.

— Faire voler un cerf-volant, vraiment ?

— Quand j'étais enfant, je les voyais toujours faire voler leurs cerfs-volants au-dessus de Hampstead Heath.

— Vous parlez des autres enfants ? remarqua-t-il doucement.

— Oui. Moi, j'étais trop occupée par mes cours de piano.

A cet instant, le serveur revint avec les desserts.

— Et cuisiner, reprit-elle, parce que j'apprécie les bons petits plats et que je n'ai jamais appris à préparer quoi que ce soit. Et vous, si vous pouviez réaliser un rêve, que choisiriez-vous ?

Elle plongea sa petite cuiller dans une onctueuse mousse au chocolat noir.

— De revenir en arrière, répondit-il d'un air désinvolte.

Mais sa voix avait été affreusement sombre. Il sourit et plongea à son tour sa petite cuiller dans la mousse.

— Comme cela, je pourrais revivre cette soirée avec vous.

Abigail sourit, même si elle était certaine que ce n'était pas ce qu'il avait voulu dire.

Lorsque le serveur leur apporta le café, elle songea tristement que, cette fois, la soirée allait vraiment s'achever.

Soudain, une pensée lui vint, la faisant presque sursauter. La soirée ne devait pas forcément s'achever dans ce bar. Ils pouvaient se rendre dans un endroit plus intime, une chambre.

Luc était-il descendu dans cet hôtel ? Un vertige lui monta à la tête. Elle qui avait à peine connu quelques baisers furtifs, était-elle bien en train d'envisager une aventure sans lendemain avec cet homme ? A cet instant, Luc lui caressa la main.

— Abigail, à quoi pensez-vous ?

— Je ne veux pas rentrer à mon hôtel.

Elle avait parlé sans réfléchir. Tout à coup, elle ne ressentait plus aucune hésitation, plus aucune crainte.

— Je veux rester ici avec vous, ajouta-t-elle.

Luc fronça les sourcils tandis qu'une lueur de regret assombrissait son regard.

— Il est tard. Vous devriez rentrer.

— Non, dit-elle en lui prenant le poignet.

Etait-ce bien elle, Abigail, qui agissait avec une telle audace ?

— Il vaudrait mieux, dit-il calmement. Je…

Il soupira en baissant les yeux sur les doigts qui lui enserraient le poignet.

— Y a-t-il une raison qui nous empêche de… de rester ensemble ? murmura-t-elle. Vous n'êtes pas marié ?

Elle sentit Luc se raidir.

— Non, répondit-il avec calme. Je ne suis pas marié.

— Fréquentez-vous quelqu'un ?

— Non, dit-il de nouveau. Il n'y a personne.

Abigail rassembla tout son courage et le regarda dans les yeux.

— Eh bien… il y a moi.

3.

Luc se sentit taraudé par le regret. Il n'aurait pas dû laisser aller les choses aussi loin avec Abigail.

Mais il avait été si heureux de la voir assise au bar. Comme il le lui avait dit, il avait vu dans sa présence un cadeau, un signe de la providence et, maintenant, elle s'offrait à lui comme le plus merveilleux des présents.

Il aurait pu si facilement accepter. Il la désirait tellement… Il s'imagina enlaçant ses doigts aux siens, avant de l'emmener dans une chambre de la suite royale, il ne pouvait pas lui offrir moins. Il se vit en train de faire glisser les fines bretelles de soie sur ses épaules à la peau laiteuse, puis déposer un baiser à l'endroit où frémissait sauvagement son pouls, à la base de son cou.

Rien qu'à cette pensée, il sentit tout son corps réagir violemment au désir de se perdre dans cette femme, durant quelques instants, l'espace d'une nuit. Il n'avait rien de plus à offrir, son cœur était aussi inerte qu'une pierre, même s'il lui semblait qu'il suffisait de la regarder pour avoir l'impression de revenir à la vie.

Elle lui avait apporté son premier moment de bonheur depuis si longtemps, peut-être le premier tout court. Il ne pouvait supporter l'idée de la voir s'en aller, pas encore…

Abigail se força à lui sourire, se préparant à affronter son rejet. Lorsqu'il contempla leurs mains unies, elle sentit des ondes sombres et implacables émaner de lui, une tristesse sans fond, un regret infini.

— Vous êtes belle, dit-il d'une voix grave.

— Mais… ? dit-elle, horriblement déçue.

— Je ne veux pas vous faire de mal, acheva Luc en relevant les yeux.

— Vous ne me ferez pas de mal.

Elle avait dit cela par bravade et ses paroles étaient peut-être stupides, mais en cet instant, elle était certaine que rien ne pourrait être pire que de s'éloigner de lui.

Il soupira et secoua lentement la tête puis se leva en l'entraînant avec lui.

— Où allez-vous ? demanda Abigail d'une voix rauque.

— Vous voulez dire : où allons-nous ? corrigea-t-il.

Sans un mot, elle se laissa conduire hors du bar. Une fois à la réception, il échangea quelques mots rapides avec le veilleur de nuit avant de l'entraîner vers les ascenseurs. Abigail retint son souffle. Elle avait du mal à croire que c'était vraiment en train de se passer, qu'elle avait *provoqué* ce qui se passait. Elle connaissait à peine cet homme, et pourtant…

En tout cas, elle ne pouvait pas le quitter. Elle n'avait pas le choix : son désir était trop puissant.

Une fois dans la cabine rutilante, Luc appuya sur le bouton correspondant au dernier étage, celui où se trouvait la suite la plus luxueuse, avec terrasse.

Tandis que l'ascenseur s'élevait en silence, elle se demanda si Luc entendait son cœur battre tant il cognait sous ses côtes. Lui adressant un regard discret, elle constata qu'il avait l'air très calme, déterminé, résolu même.

Quelques instants plus tard, les portes coulissèrent, s'ouvrant directement sur la suite.

— Venez, dit-il en s'avançant dans un somptueux salon.

Abigail examina les sofas recouverts de velours couleur prune et les guéridons aux pieds chantournés, disposés sur un immense tapis persan. Se sentant soudain terriblement intimidée, elle demeura immobile, lissant machinalement sa robe sur ses cuisses.

Ce n'était pas le luxe qui l'entourait qui l'effarouchait. Au cours de ses années de concertiste, elle avait déjà été amenée à se trouver dans de tels environnements. Ce n'était pas ce vaste salon raffiné qui la troublait, mais l'homme qui se trouvait à quelques pas d'elle.

Après avoir laissé tomber négligemment la clé magnétique sur une table basse, il ôta sa veste. Abigail observa sous sa chemise le jeu des muscles de son dos et de ses épaules. Durant un instant, il resta de profil, le visage dans l'ombre. Cependant, elle distinguait la façon dont il serrait les mâchoires et un violent frisson l'ébranla devant la détermination farouche qui émanait de tout son être.

Néanmoins, lorsqu'il se tourna vers elle avec un petit sourire, elle eut l'impression d'avoir tout imaginé.

— Vous n'entrez pas ? demanda-t-il d'un ton où perçait une légère malice.

— Je…, commença Abigail en baissant les yeux, je ne sais pas trop.

Luc se dirigea vers elle en fronçant les sourcils et lui posa les mains sur les épaules.

— Abigail… avez-vous peur ?

— Non… Pas exactement, répondit-elle en s'efforçant maladroitement de rire. Je n'ai pas peur de vous mais plutôt de… de la situation. En fait, je n'ai pas vraiment peur. C'est seulement que… je ne sais pas quoi faire.

Lorsqu'il laissa glisser ses doigts sur ses bras nus, elle sentit aussitôt sa peau frémir.

— Nous pouvons nous asseoir et parler tranquillement, dit-il en lui prenant les mains. J'aimerais beaucoup cela.

— Moi aussi. Je… Vous devez me trouver horriblement gauche, dit-elle avec embarras.

— Pas du tout.

— Vraiment ?

Cette fois, elle rit franchement.

— Eh bien moi, je me trouve vraiment ridicule, reprit-elle en le regardant dans les yeux. Je ne sais ni quoi dire ni quoi faire.

— Vous n'êtes obligée à rien.

— Non, approuva Abigail tandis qu'il l'entraînait vers le sofa. Mais… je suis censée faire… certaines choses…

— Abigail, je vous assure que je n'attends rien de vous. J'ai été ébloui de vous apercevoir au bar et le suis encore plus de vous voir ici.

A présent, ils étaient installés sur le sofa et la cuisse de Luc était presque collée à la sienne. Après avoir glissé les pieds hors de ses escarpins, Abigail les ramena sous elle.

— En tout cas, poursuivit-il, je ne vous trouve pas du tout ridicule. Je vous trouve plutôt rafraîchissante.

— Est-ce une façon polie de dire que je suis différente ?

— Etre différente est parfait.

— *Différente* veut dire anormale, bizarre, insista-t-elle.

Luc tendit la main avant de la poser sur la soie qui recouvrait sa cheville. Ses longs doigts l'effleurèrent à peine, et pas un instant il ne quitta son visage des yeux.

— C'est ainsi que vous vous sentez ?

— Oui. Parfois.

Pourquoi était-ce aussi facile de lui parler ? se demanda Abigail. De reconnaître, d'avouer des choses que, jusqu'à présent, elle s'était dissimulées à elle-même ?

— Presque toute ma vie a été organisée en fonction de la musique, depuis l'âge de cinq ans, expliqua-t-elle en haussant les épaules. Je n'étais pas comme les autres.

— L'école ?

— Non. J'ai cessé d'y aller dès l'âge de huit ans. Des professeurs venaient me donner des leçons à la maison, pour que je puisse me consacrer au piano.

— Vous n'étiez pas comme les enfants de Hampstead Heath, alors ?

— Non.

Dans le silence qui s'ensuivit, Abigail ne put s'empêcher de regarder la cuisse musclée recouverte de lainage noir. Fascinée, elle mourait d'envie de la toucher, de sentir les muscles fermes sous ses doigts, glisser la main sur sa peau chaude…

Que lui arrivait-il ? Elle n'en savait rien, n'était consciente que du courant électrique et magique qui fusait en elle. Lorsqu'elle releva les yeux, Luc lui sourit, le regard brillant d'un éclat étrange. Il tendit alors la main et, quand il lui caressa doucement la joue, elle s'abandonna et ferma les yeux. Elle aurait voulu que cette sensation délicieuse ne cesse jamais.

— Abigail… murmura-t-il, comme une prière.

Pour toute réponse, elle tourna la tête pour effleurer sa paume de ses lèvres. Elle agit d'instinct, sachant qu'elle s'engageait dans un territoire inconnu, effrayant et dangereux, mais en même temps, si excitant et fabuleux…

Luc se pencha vers elle pour l'embrasser et, au moment où ses lèvres frôlèrent les siennes, Abigail fut traversée par un voluptueux frisson. A vingt-quatre ans, elle n'avait encore jamais été embrassée, pas vraiment.

Ce baiser était… merveilleux. Et elle en désirait plus. Elle ouvrit les lèvres, se surprenant elle-même, le surprenant peut-être. Quand il commença à explorer sa bouche, elle se sentit gagnée par un vertige enivrant et son souffle devint irrégulier, tandis que son cœur battait à tout rompre.

La respiration de Luc se fit plus hachée, elle aussi, et sa réaction encouragea Abigail. Les doigts tremblants, elle commença à déboutonner sa chemise. Quand elle posa la main sur sa peau et sentit ses muscles tressaillir, une véritable ivresse prit possession d'elle. Les lèvres de Luc erraient maintenant sur sa mâchoire et, quand il baissa la tête pour l'embrasser dans le cou avant de descendre vers son sein, elle sentit une joie formidable l'envahir.

Jamais elle n'avait été touchée ainsi, songea-t-elle en réprimant un halètement. Jamais elle n'avait été en proie à de telles sensations, à un tel désir. Poussée par l'instinct, elle creusa les reins pour mieux s'offrir à ses caresses, mais Luc s'arrêta soudain et redressa la tête.

— Tu devrais rentrer, Abigail, dit-il en remontant l'une de ses bretelles sur son épaule.

Elle se sentit soudain gelée.

— Mais... pourquoi ? demanda-t-elle d'une voix désolée.

Une lueur sombre traversa le regard de Luc.

— Parce que je ne veux pas profiter de toi. Tu es jeune et innocente et tu devrais le rester.

A ces mots, une flambée de rage naquit en elle.

— Je ne suis pas une poupée de porcelaine que l'on laisse sur une étagère ! protesta-t-elle avec véhémence.

— Je ne...

— Tout le monde me voit comme cela, Luc.

Se sentant proche des larmes, elle s'interrompit un instant.

— Tout le monde me considère comme une virtuose que l'on admire, reprit-elle, que l'on félicite, mais avec qui on garde ses distances. Et de toute façon, puisque je me suis offerte à toi, tu ne profites pas de moi !

— Sais-tu seulement à quoi tu t'engages ? répliqua-t-il en la contemplant avec une intensité inouïe.

— Je ne suis pas innocente à ce point ! s'exclama-t-elle avec un petit rire tremblant.

Il repoussa une mèche de cheveux de son visage.

— Si je ne te désirais pas autant..., murmura-t-il.

Abigail prit sa main et la pressa contre ses lèvres.

— Je veux être désirée.

— Par moi ? questionna-t-il, à la fois flatté et incrédule.

— Oui, par toi, chuchota-t-elle en souriant. Seulement par toi. Je n'ai jamais...

Elle s'interrompit. Il y avait tant de choses qu'elle n'avait *jamais* faites.

— Ne me demande pas de rentrer à mon hôtel, dit-elle simplement. Laisse-moi rester avec toi.

Le regard de Luc s'assombrit encore.

— C'est égoïste de ma part, dit-il de sa belle voix de basse, mais je vais te garder. Je ne veux pas te laisser partir. Pas maintenant. Pas encore. Je ne peux pas.

— Alors, ne le fais pas, répliqua-t-elle.

Sans dire un mot, il lui prit la main pour l'entraîner dans la chambre où trônait un immense lit. Immobile, elle le laissa faire glisser les bretelles de sa robe sur ses bras. Celle-ci se répandit sur le sol en un doux bruissement et, presque avec révérence, il lui ôta ses sous-vêtements, la faisant frissonner sous ses doigts. Cependant, elle ne se sentait ni nerveuse ni embarrassée. Comment aurait-elle pu l'être sous ce regard qui la contemplait comme s'il découvrait une œuvre d'art ?

Luc la regardait, la touchait comme si elle était un véritable trésor. Ses doigts effleuraient à peine sa peau et, lorsqu'elle fut entièrement nue, il la conduisit vers le lit. Gagnée soudain par une légère appréhension, Abigail s'étendit sur les draps frais.

Il se déshabilla à son tour, révélant peu à peu son corps magnifique, à la peau hâlée par le soleil puis, entièrement nu, vint s'allonger à côté d'elle. Lorsqu'il effleura doucement son ventre, elle tressaillit violemment.

— Tu as froid ?

— Non, avoua-t-elle.

Tout en souriant, il lui caressa les lèvres du bout du doigt.

— Je ferai de mon mieux pour ne pas te faire mal, murmura-t-il, la tête penchée au-dessus d'elle.

— Ne t'inquiète pas, dit-elle en lui caressant les cheveux. Tu ne me feras pas mal.

D'où lui venait cette nouvelle confiance qui s'épanouissait en elle ?

Elle se sentait si bien… Les mains de Luc se promenèrent sur son corps avant que ses lèvres ne prennent le même chemin et elle s'abandonna totalement à ses caresses.

A présent, ils ne parlaient plus, ce qui se passait entre eux n'avait pas besoin de mots. Leurs corps communiquaient en silence, dans une harmonie parfaite.

Mais, soudain, il roula sur le côté, la laissant totalement abandonnée.

— Luc…, gémit-elle.

Tout son corps vibrait de désir inassouvi.

— Je n'ai pas de protection, dit-il en quittant le lit avant de se passer nerveusement la main dans les cheveux. Dire que nous avons failli…

— Tu ne vas pas… ?

— Je reviens dans quelques instants, dit-il en se rhabillant. Je dois te protéger, Abigail. Je ne prendrai aucun risque qui puisse gâcher ta vie.

Il s'interrompit en fronçant les sourcils.

— A moins que tu n'aies déjà une protection ? Prends-tu la pilule ?

Encore ivre de désir, elle secoua la tête. Elle n'avait même pas songé un seul instant aux conséquences possibles de l'étreinte qu'ils s'apprêtaient à partager.

— Je reviens dans quelques instants, répéta-t-il.

Son absence allait lui sembler durer une éternité, se dit-elle en remarquant qu'il avait mal boutonné sa chemise. A cet instant, il se pencha vers elle et l'embrassa sur la tempe.

— Dépêche-toi, murmura-t-elle en lui caressant la joue.

Quand il eut quitté la pièce, elle se sentit affreusement seule. Privée du contact du corps chaud de Luc, elle avait froid. Après s'être glissée sous le drap, une sorte de torpeur l'envahit et, exténuée par les événements de la soirée, elle ferma les yeux.

Luc trouva rapidement la pharmacie de garde et y acheta des préservatifs puis, de retour dans la suite, se dirigea vers la chambre avec impatience. Il se sentait si vivant !

Mais quand il vit Abigail endormie dans le lit immense, il s'arrêta net. Les cheveux épars sur l'oreiller, les cils reposant sur sa joue, la bouche encore gonflée par leurs baisers, elle faisait une légère moue dans son sommeil.

Rêvait-elle de lui ?

C'était toute cette soirée qui était un rêve, comprit-il soudain avec une clarté froide et aveuglante. Cette aventure était impossible, même si elle était merveilleuse.

Et cela devait s'arrêter maintenant. Bon sang, il avait failli lui prendre son innocence, songea-t-il avec horreur. Ensuite, il serait parti au matin, sans se retourner. Il n'avait plus rien à offrir.

Une fois de plus, il sentit le vide envahir son esprit, son âme et même son cœur. Il connaissait si bien cette sensation que la retrouver était presque un réconfort.

Tout à coup, la pensée qu'il aurait pu nuire à Abigail le transperça avec une brutalité presque insoutenable. Il lui aurait forcément fait du mal…

Il fallait qu'il parte maintenant, pendant qu'elle dormait.

Luc laissa échapper un son étouffé, moitié soupir, moitié gémissement. Il ne voulait pas s'en aller. Il ne désirait que se perdre dans une étreinte brûlante avec Abigail, ne serait-ce que pendant quelques heures.

Allait-il donc se conduire de nouveau comme un sale égoïste ? Non, plus maintenant… Lentement, il glissa le paquet de préservatifs dans sa poche puis, après s'être penché au-dessus d'Abigail, déposa un léger baiser sur son front. Elle poussa alors un petit soupir, qui étreignit douloureusement la poitrine de Luc.

Il était resté insensible pendant si longtemps qu'il avait pensé ne plus jamais rien ressentir. *Il voulait ne plus rien ressentir*, ni culpabilité ni regrets.

Tout doucement, il repoussa une mèche de cheveux derrière son oreille et lui caressa la joue avant de se redresser.

Ensuite, il se dirigea lentement vers la porte, le cœur atrocement serré. De toutes ses forces, il repoussa les émotions qui s'emparaient de lui et se retourna une dernière fois.

— Au revoir, murmura-t-il avant de quitter la chambre.

4.

Abigail se réveilla lentement, langoureusement, encore enveloppée dans la douce chaleur du sommeil. Soudain, elle entendit du bruit dans la pièce à côté, avant que la porte de la chambre ne s'ouvre.

— Excusez-moi, madame…

Se redressant brusquement, elle découvrit une jeune femme de chambre qui se tenait immobile sur le seuil de la pièce, les yeux baissés. Aussitôt, elle remonta le drap sur sa poitrine nue, tout en regardant autour d'elle. Luc était parti.

Elle le sentit, comme elle avait senti le lien qui s'était mystérieusement noué entre eux la veille. Mais cette fois, la sensation était atroce. Il avait fui, avant même qu'ils…

Abigail réprima un sanglot. Elle n'avait pas besoin de regarder le sol pour voir que seuls ses vêtements s'y trouvaient encore.

Rassemblant les derniers restes de sa dignité, elle s'adressa à la femme de chambre d'un ton détaché.

— Si vous voulez bien revenir dans quelques minutes…

La jeune femme hocha la tête avant de disparaître aussitôt. Abigail entendit bientôt les portes de l'ascenseur s'ouvrir et se refermer. Elle était seule. Complètement seule.

Pourquoi était-il parti ? se demanda-t-elle, refoulant le chagrin qui menaçait de la submerger. Il était sorti pour aller acheter des préservatifs, et ensuite, l'avait laissée là… Avait-il changé d'avis ? A moins qu'il ne soit juste allé prendre un café ?

Descendant du lit, elle s'enveloppa dans le drap avant de déambuler dans la suite à la recherche de signes, d'indices annonçant le retour de Luc.

Hélas, il était bel et bien parti.

Toujours enveloppée dans le drap, elle se laissa choir sur le bord du lit. Elle ne s'effondrerait pas, pas là, pas maintenant.

Se forçant à respirer à fond, elle s'efforça de réfléchir calmement. Il était parti et elle devait l'accepter, quitter cet endroit.

Abigail baissa les yeux sur sa robe, qui formait un petit tas de soie noire sur le sol. A la pensée de traverser le hall de l'hôtel vêtue des mêmes vêtements que la veille, elle se sentit gagnée par une vague de honte.

Comment avait-il pu lui faire cela ? Après tout ce qui s'était passé ? Elle ferma les yeux, se rappelant la douce caresse de ses mains sur son corps. Un sanglot étouffé lui échappa soudain et elle pressa son poing contre sa bouche. Il ne fallait pas qu'elle pense à cela. Elle devait rassembler son courage et rentrer à l'hôtel, son père devait l'y attendre, inquiet et furieux. Il exigerait des explications.

Les mains tremblantes, elle commença à se rhabiller. Puis, quelques instants plus tard, regagna le salon et enfila son duffel-coat. Jetant un coup d'œil à son reflet dans le haut miroir ovale, elle vit qu'elle était très pâle. En outre, sa robe froissée en disait long sur la façon dont elle avait passé la nuit.

A cet instant, elle entendit de nouveau les portes de l'ascenseur s'ouvrir et se refermer. Se retournant, elle vit la jeune femme de chambre qui se tenait avec embarras sur le seuil.

— Excusez-moi pour tout à l'heure, madame, murmura-t-elle. Le monsieur avait rendu sa clé dans la nuit et je ne savais pas qu'il n'était pas seul.

Se raccrochant à sa fierté, Abigail répliqua d'un ton froid :

— Cela ne fait rien, je m'en vais de toute façon.

Puis, sans la regarder, elle entra dans l'ascenseur. Lorsque les portes se refermèrent, elle s'appuya le dos à la paroi, gagnée par un tel désarroi qu'elle sentit sa gorge se serrer affreusement et les larmes lui monter aux yeux.

Une fois au rez-de-chaussée, elle réussit à quitter l'hôtel la tête haute. Au moment où elle traversa le hall luxueux, elle entendit quelques murmures. Evidemment, on l'avait reconnue ! Elle continua d'avancer en regardant droit devant elle.

Quand elle se retrouva dans la rue, l'air frais lui piqua les joues. Heureusement, un taxi vint s'arrêter rapidement au bord du trottoir. Elle se glissa à l'intérieur, donna son adresse au chauffeur puis ferma les yeux.

Elle somnolait à moitié quand la portière fut ouverte brusquement.

— D'où viens-tu ? demanda Andrew Summers, les lèvres pincées.

Après avoir payé sa course au chauffeur, Abigail sortit du véhicule.

— Je suis sortie, dit-elle d'une voix dénuée de toute expression. Je t'en prie, papa, pas de scène ici.

Il approuva d'un bref signe de tête et elle le suivit à l'intérieur de l'hôtel.

Quelques instants plus tard, elle se tenait immobile dans le petit salon qui séparait leurs deux chambres. Son père sortit une mini-flasque de whisky du frigidaire avant de la décapsuler puis en avala le contenu d'un trait. Abigail le regarda avec surprise, elle ne l'avait jamais vu boire plus d'un verre de vin au cours du repas.

— Des journalistes sont venus rôder ici tôt ce matin,

dit-il sans se retourner vers elle. Apparemment, quelqu'un t'a vue hier soir, en compagnie d'un homme.

Alors qu'elle s'était crue seule avec lui…, songea Abigail, souriant de sa propre naïveté.

— Effectivement, confirma-t-elle avec calme.

Son père se retourna vivement.

— Un inconnu ? Tu es sortie avec un inconnu ? Abigail, comment as-tu pu faire une chose pareille ?

— J'ai simplement dîné dans le bar d'un hôtel, répliqua-t-elle en haussant les épaules. Est-ce si choquant ?

— Les journalistes ont dit que tu étais montée dans une chambre avec lui.

— Ma vie privée ne regarde que moi, argua-t-elle en relevant le menton.

— Non. Ta vie privée me regarde également, ainsi que ton public. Nous avons travaillé dur pour faire de toi une célébrité.

— Peut-être que je ne désire pas en être une.

— Il est trop tard pour cela.

Il était trop tard pour beaucoup de choses, songea-t-elle tristement. Trop tard pour les regrets.

— Je vais prendre une douche, dit-elle, et me changer. Ensuite, nous parlerons.

Elle vit une lueur de surprise éclairer le regard de son père. Il n'avait pas l'habitude qu'elle prenne l'initiative. Elle non plus, d'ailleurs, mais sans ajouter un mot, elle quitta le salon et pénétra dans sa chambre dont elle referma la porte derrière elle.

Lorsqu'elle entra dans sa salle de bains, elle ouvrit le robinet à fond et, après avoir ôté sa robe, la repoussa du pied dans un coin de la pièce. Elle ne voulait jamais plus la revoir ni la porter. Elle lui paraissait souillée.

Entrant dans la cabine de douche, elle laissa l'eau chaude ruisseler sur elle en fermant les yeux. La beauté de la soirée précédente ne parvenait pas à chasser le choc atroce du moment où elle avait constaté que Luc l'avait quittée. Pourquoi était-il parti ainsi, sans un mot d'explication ?

Un quart d'heure plus tard, lorsqu'elle se fut rhabillée, elle retourna dans le petit salon où l'attendait son père, son téléphone mobile collé à l'oreille.

— C'était ta mère, dit-il en refermant celui-ci.

Abigail le regarda avec surprise. En tant que premier violon d'un orchestre de Manchester, sa mère avait un emploi du temps très chargé et prenait rarement le temps d'appeler quand elle était en tournée.

— Elle va bien ?

— Non, Abigail, répondit-il d'une voix tendue. Elle ne va pas bien, elle a appris par les journaux que tu avais passé la nuit avec un inconnu !

Elle se dirigea vers la fenêtre et regarda les arbres qui longeaient le boulevard. Encore dépouillées, leurs silhouettes se détachaient tristement sur le ciel sombre et gris.

— Tu ne te rends pas compte des conséquences que cette escapade va avoir sur ta réputation, poursuivit Andrew.

Abigail ne put s'empêcher d'éclater d'un rire dur.

— Je sais exactement ce que cela va entraîner !

C'est-à-dire : *rien*, songea-t-elle avec amertume.

— Je parle de ta carrière. Aussi…

Il s'interrompit et elle devina les questions qu'il ne pouvait se résoudre à poser.

Même si son père avait été son impresario et son mentor depuis des années, le type de relation qu'ils partageaient n'encourageait guère les discussions intimes. Elle se souvenait encore d'avoir eu ses premières règles au cours d'une leçon de piano. Elle avait demandé à la mère d'une autre élève ce qu'il fallait faire et celle-ci était allée aimablement lui acheter le nécessaire à la pharmacie la plus proche. La femme l'avait dit à son père, mais ils n'en avaient jamais parlé, bien sûr, comme ils ne parleraient pas de ce qui venait de se passer.

Pour lui, Abigail n'était pas une femme, ni même sa fille, elle était une pianiste. Une virtuose.

— Pourquoi cela entraînerait-il quoi que ce soit pour ma carrière ? demanda-t-elle d'un ton neutre.

A cet instant, cette question l'intéressait si peu…

— Ce… Cet épisode dévergondé va nuire à ton image.

— Dévergondé ? fit Abigail en se retournant. *Dévergondé ?*

Sa vie était si loin d'être dévergondée ! Elle n'avait jamais rien fait, *rien* pour mériter une telle étiquette, un tel jugement. Même la veille au soir.

— Abigail, dit Andrew avec une patience exagérée. Nous avons travaillé très dur pour arriver là où nous sommes maintenant. Nous avons veillé à ta réputation, celle d'une femme dévouée entièrement à son art et à son talent.

Elle n'avait pas manqué de remarquer l'usage du pronom « nous ». Tout ce qu'elle avait fait, son père avait le sentiment de l'avoir fait *lui aussi*. Sa carrière était une entreprise commune, il s'y était peut-être même investi davantage qu'elle.

Abigail se retourna vers la fenêtre et contempla de nouveau le boulevard, sur lequel tombait maintenant un fin crachin. Soudain, elle sursauta en sentant la main de son père se poser sur son épaule.

— Abigail… Quoi qu'il se soit passé hier soir…

Lorsqu'il s'interrompit, elle comprit qu'il était incapable d'aller plus loin. C'était sa façon de lui montrer sa sympathie.

— Tout va bien, dit-elle.

— Tu devras jouer de tout ton cœur ce soir, reprit brusquement Andrew. Cela anéantira toutes les suspicions.

Toutes les suspicions… Sans savoir comment, Abigail trouva la force d'approuver d'un signe de tête.

Elle ne joua pas de tout son cœur ce soir-là. Peut-être n'avait-elle plus de cœur… Elle se sentait froide et vide et, à vrai dire, ne joua pas bien. Elle fit une fausse note pendant l'*Appassionata*, assez grave pour être remarquée par les auditeurs, et entendit le petit halètement qui parcourut alors la salle. Elle ne s'en soucia même pas et continua à jouer, vaguement consciente que la musique qui coulait de ses mains était aussi plate que son cœur, creux, sans vie.

A l'entracte, son père l'attendait en coulisse et lui demanda d'une voix crispée de se détendre. Devant son inquiétude manifeste, Abigail se demanda s'il se souciait d'elle ou de sa carrière.

La musique avait été la joie et la passion de son père, songea-t-elle en se dirigeant vers sa loge. Mais qu'en avait-il été pour elle ? Pour la première fois de sa vie, elle se posa sincèrement la question et se rendit compte qu'elle n'en connaissait pas vraiment la réponse.

Durant la seconde partie du concert, elle manqua autant de concentration qu'au cours de la première. Il n'y eut aucun rappel et Andrew n'eut à refouler aucun admirateur.

Elle se retrouva seule dans sa loge, tandis que son père faisait les cent pas dans le couloir en parlant à son agent au téléphone.

— Je sais, Randall, mais cela va passer... Il reste encore six concerts dans la tournée... Elle peut y arriver.

Non, elle ne pourrait pas y arriver, songea soudain Abigail en se regardant dans le miroir et, même si elle l'avait pu, elle ne le désirait pas... Durant toute son existence, elle n'avait vécu que pour la musique. A présent, elle voulait vivre pour elle-même.

Lorsqu'elle sortit de sa loge, Andrew glissa son portable dans sa poche et lui adressa un sourire las.

— Je sais que ce concert n'a pas été l'un de nos meilleurs, Abigail, mais nous avons quelques jours devant nous avant celui de Milan. Je crois que nous avons besoin tous les deux de nous reposer un peu.

Nous, songea-t-elle. Toujours *nous*... A présent, la

façon de s'exprimer de son père l'irritait et l'attristait. Elle connaissait ses véritables motivations : lui aussi avait été pianiste, mais son talent ne l'avait pas conduit très loin, aussi avait-il transfusé son énergie créatrice en elle.

— Je voudrais annuler le reste de la tournée, dit-elle d'une voix très calme. Je suis… vidée. Quelques jours de repos ne me suffiront pas.

Il la regarda longuement, la bouche entrouverte.

— Abigail…

— S'il le faut, nous rembourserons les engagements, poursuivit-elle, de plus en plus fermement.

Elle avait besoin de s'arrêter. Complètement. En fait, sa rencontre avec Luc avait été un révélateur.

— Je joue et j'enregistre sans m'arrêter depuis sept ans. J'ai besoin d'une pause. Une *longue* pause.

— Très bien. Mais après la fin de la tournée.

— Non, répondit-elle simplement. Je ne peux pas continuer. Tu m'as entendue jouer, ce soir, nous pouvons rembourser…

— Non, l'interrompit Andrew.

Pour la première fois, il semblait en colère.

— Non, répéta-t-il, nous ne le pouvons pas.

Abigail le regarda et sentit une crainte affreuse l'envahir.

— Pourquoi ? demanda-t-elle d'une voix blanche.

— Parce que nous n'avons plus rien, Abigail.

Sa soudaine colère était maintenant tombée.

— J'ai tout perdu, murmura-t-il en baissant la tête.

5.

Six mois plus tard

Installé à la terrasse ensoleillée d'un café d'Avignon, Luc ne pouvait détacher les yeux du titre de l'entrefilet, imprimé en deuxième page de la rubrique « Culture » du journal *Le Monde* :

LA VIRTUOSE DU PIANO QUITTE LA SCÈNE.

La culpabilité qu'il avait tenté de maintenir à l'écart déferla de nouveau en lui.

Il avait essayé d'oublier Abigail, pour son bien, de se convaincre que, de toute façon, elle n'avait pas besoin de lui. Il s'était efforcé de rester vide, froid, insensible, comme d'habitude, se plongeant dans le travail pour ne blesser personne.

Il contempla l'article, accompagné d'une photo de mauvaise qualité prise dans une salle de concert anonyme. Il n'avait pas pu oublier Abigail, elle avait été constamment présente dans son esprit, dans sa mémoire.

Il sentit la culpabilité s'intensifier en lui, se transformant en une anxiété qui lui obstruait la gorge. Pourquoi renonçait-elle à sa carrière ?

Etait-ce à cause de lui ? Avait-il nui à une deuxième innocente ? Il n'aurait pas dû lui parler, ni lui offrir du champagne, le dîner… Il avait eu de nombreuses occasions d'arrêter le processus, de s'en aller, de s'empêcher de lui faire mal et n'en avait saisi aucune.

— Bonjour, Luc.

Levant les yeux de son journal, il vit Denis Depaul, son notaire, venir vers lui.

— Bonjour, répondit-il en repliant le quotidien avant de le poser sur la table.

Denis s'assit en face de lui et commanda un café.

— Je suis content de te voir. Tu descends si rarement dans le Sud, ces temps-ci.

— Oui, répliqua Luc d'une voix crispée.

Il se força à se détendre et sourit. Denis était un vieil ami de la famille, il avait travaillé pour son père jusqu'à la mort de celui-ci, alors que Luc n'avait que onze ans. Il avait fait de son mieux pour s'occuper des biens des Toussaint, jusqu'à ce que Luc soit assez mûr pour reprendre les rênes de l'entreprise familiale.

Il n'oublierait jamais ces années terribles, quand ils avaient glissé lentement, jour après jour, dans un désastre financier total. Face à la corruption d'un régisseur prêt à tout, Denis s'était démené de toutes ses forces tandis que Luc, furieux, ne pouvait qu'assister à la catastrophe, avec l'impuissance de ses douze ans.

— J'ai des nouvelles, fit Denis.

— De quoi parles-tu ? demanda-t-il en prenant sa tasse.

— Quelqu'un a fait une offre pour le château Mirabeau.

Luc resserra les doigts autour de sa minuscule tasse de café.

— Une offre ? répéta-t-il d'un ton neutre. Je ne savais pas qu'il était à vendre.

— Non, il ne l'est pas, bien sûr, mais comme il est fermé depuis des mois, les gens commencent à se poser des questions.

— Laisse-les faire.

Mais Denis ne se laissa pas décourager.

— C'est vraiment une offre intéressante, reprit-il. Je sais que tu n'as pas besoin de cet argent, mais étant donné que tu…

— Etant donné que quoi ?

La tête penchée sur le côté, Denis resta silencieux un long moment.

— Tu ne vis plus là-bas, répondit-il, l'air compatissant, et tu n'as pas exprimé l'intention de t'y réinstaller un jour.

Luc ne put le supporter. Il ne voulait pas qu'on lui témoigne de compassion, ni même de compréhension. Il aurait préféré que Denis le condamne, le rende responsable de la mort de Suzanne, même si lui-même était déjà persuadé de sa culpabilité. S'il avait fait attention… S'il l'avait aimée… S'il s'était rendu compte de l'étendue de son désespoir et de sa détresse, il aurait pu…

Peut-être serait-elle encore en vie.

— Luc, poursuivit Denis, c'est vraiment une offre intéressante. Et le château, avec les souvenirs qu'il…

Il s'interrompit, mais Luc savait parfaitement ce qu'il avait voulu dire. Ces réminiscences faisaient partie de lui : le château Mirabeau, avec ses terrasses de pierre et ses vignes, ses fontaines, ses secrets, ses tristesses et ses cicatrices, le château Mirabeau où Suzanne avait vécu malheureuse, avant de mourir si soudainement.

— Je ne peux pas le vendre, dit-il d'un ton sans appel. Il appartient à notre famille depuis quatre cents ans. Mon père…

Il se tut brutalement, la gorge serrée, et se contenta de secouer la tête.

— Je sais, dit doucement Denis. Mais il n'aurait pas non plus pu imaginer les circonstances actuelles. Vendre le château pourrait te faire du bien, Luc, et je ne parle pas de ton compte en banque. Il faut que tu…

— Ce n'est pas à toi de me dire ce que je dois faire dans ce domaine, le coupa-t-il froidement.

Même s'il se rendit compte qu'il s'était montré très brutal, il ne s'excusa pas. Il ne voulait pas de conseils, il ne voulait même pas de la sollicitude de Denis, songea-t-il en détournant les yeux.

— Comme tu voudras, admit alors celui-ci en haussant les épaules.

Puis il sortit un dossier de son attaché-case et se mit à discuter d'autres biens que Luc possédait dans la région. Autrefois, une telle conversation l'aurait passionné, mais aujourd'hui, il avait du mal à se concentrer.

Machinalement, il reporta son regard sur l'exemplaire du *Monde* posé sur la table et repensa à la photo d'Abigail.

Une fois encore, il se sentit taraudé par la culpabilité. Six mois plus tôt, elle avait été au sommet de sa carrière, avait tout ce qu'elle pouvait désirer et, à présent, elle quittait la scène ? Pourquoi ?

La réponse lui sembla évidente : à cause de lui. Parce qu'il avait profité d'elle égoïstement, avant de disparaître sans un mot d'explication.

— Luc ? reprit Denis en tapotant le dossier avec son stylo-plume en or. Nous n'avons plus qu'à survoler les bénéfices viticoles.

— Oui, bien sûr, répondit-il, sans même entendre ce que venait de dire Denis.

Il se força à se concentrer, mais ses pensées dérivèrent de nouveau. Il se souvenait encore de la douceur des cheveux d'Abigail, ils dégageaient un parfum de fleurs, de lavande. Quand il l'avait tenue dans ses bras, les fantômes l'avaient enfin quitté et il s'était senti en paix.

— Luc ?

— Oui, je t'écoute.

Mais il n'était pas là. Son esprit voguait à des kilomètres de ce café, à la recherche d'Abigail.

Après avoir sorti les lasagnes faites maison de l'immense congélateur, Abigail les déposa dans la boîte posée sur le comptoir, spécialement conçue pour les livraisons.

— Il faut ajouter autre chose pour Corner Cottage ? demanda-t-elle à Grace.

Cela faisait maintenant quatre mois qu'elle travaillait pour Grace Myer, la propriétaire du Cornish Country Kitchen Catering, une petite entreprise de restauration à domicile.

Grace vérifia la commande en repoussant une mèche de cheveux gris derrière son oreille.

— Lasagnes, salade, pain et crumble aux pommes. Non, c'est tout. Ce locataire est seul.

— Il est ici pour la semaine ?

— Oui. Il n'a loué la maison qu'il y a quelques jours. Il s'est sans doute décidé au dernier moment.

Elle posa la commande sur le dessus de la boîte.

— Vous pouvez y aller. C'est d'accord pour Helston, cet après-midi ?

— Pas de problème, répondit Abigail en hochant la tête.

Grace l'avait embauchée parce qu'elle avait de plus en plus de mal à accomplir ces trajets, à cause de son dos. Abigail était heureuse de travailler pour elle, de se rendre utile. En outre, cette activité productive était tout à fait nouvelle pour elle et cela l'aidait à ne pas trop penser.

Après avoir pris la boîte, elle sortit du cottage au toit de chaume où vivait et travaillait Grace. En ce jour de septembre, l'air était frais et ensoleillé, tandis qu'une brise légère venait de la mer et jouait dans les cheveux d'Abigail.

Au volant de la vieille camionnette de Grace, elle roula bientôt sur la route côtière qui menait à Carack, le petit village de pêcheurs où se trouvait Corner Cottage. La mer s'étendait comme un ruban bleu vif sur la droite, surmontée d'un ciel plus clair, et Abigail ne se lassait pas de ce spectacle.

Sa vie avait tellement changé depuis six mois, songea-t-elle. Lorsque son père lui avait appris que leur argent, ou plutôt celui qu'elle avait gagné, s'était complètement volatilisé, tout avait basculé.

Elle avait encore donné deux concerts, très mauvais, avant d'annuler le reste de la tournée. Ensuite, en proie à de nombreuses interrogations sur elle-même et sur sa vie, elle avait décidé de renoncer totalement à la scène. Maintenant, elle était là, en Cornouailles.

La plupart de ses journées se passaient en livraison des commandes aux différents clients. Ce n'était pas très exaltant, certes, mais la monotonie de ce travail était allégée par la vue de la mer et du ciel, et par des voyages occasionnels à Helston ou à Penzance, où elle allait faire ses courses. Par ailleurs, elle s'était fait quelques amis : Marta, qui tenait depuis trente ans la toute petite boutique de Carack, le Harrods de la Cornouailles, le facteur, et Grace. Sa vie était ainsi agrémentée de plaisirs simples, qu'elle avait appris à savourer.

Elle était venue dans cette région sur une impulsion. Enfant, elle y avait passé de courtes vacances, accompagnant sa mère qui participait à un festival, à Devon. Au cours de cette semaine fabuleuse, elle était restée presque tout le temps sur la plage, à construire des châteaux de sable et à manger d'énormes glaces colorées. Cela lui avait fait du bien d'y revenir. Par la suite, elle avait répondu à une petite annonce parue dans le journal local et était devenue l'assistante de Grace.

Cependant, dès qu'elle pensait à Luc, une tristesse infinie la traversait avec une fulgurance soudaine, la laissant dévastée.

Depuis plusieurs mois, toute colère avait disparu en elle. Avec le recul, Abigail avait même découvert qu'elle éprouvait de la gratitude envers lui. En effet, grâce à cette rencontre, elle s'était *réveillée*, prenant conscience des limites étroites qui bornaient son existence.

Le souvenir de la façon dont il avait disparu la faisait encore souffrir. Peut-être cette douleur disparaîtrait-elle un jour, se dit-elle en entrant dans Carack.

Corner Cottage était la dernière maison d'une rangée qui longeait la rue principale. Avec leurs murs blanchis à la chaux et leurs toits de chaume, elles ressemblaient à de sereines sentinelles, alignées face à la mer. Elle se gara devant le cottage et, lorsqu'elle sortit de la camionnette, une pluie fine se mit à tomber.

Quelques instants plus tard, elle pénétra dans le petit jardin qui s'étalait à l'arrière de la maison, menant directement dans la cuisine au sol pavé de briques. Elle adorait ce petit cottage, qui ne comprenait qu'une minuscule cuisine, un salon où trônait une cheminée en pierre et une chambre confortable à l'étage, dont la fenêtre mansardée offrait une vue superbe sur la mer.

Une partie de son travail consistait à vérifier l'état du cottage avant l'arrivée des locataires. Aussi, après avoir déposé sa boîte dans la cuisine, elle monta voir si la chambre était prête et propre. La vue du grand lit lui serra le cœur et, durant une seconde, elle s'y imagina allongée avec Luc.

Récemment, elle avait rencontré quelques hommes, dans le cadre de son travail, et l'un d'eux l'avait invitée à aller boire un verre au pub.

Abigail avait accepté, mais n'avait pas apprécié la soirée. Son compagnon, un menuisier du coin, s'était montré suffisant. Elle avait à peine pu placer un mot dans son monologue et, à 21 heures, était rentrée chez elle, seule.

Eh bien, elle n'avait plus qu'à en trouver un autre, se dit-elle résolument. Il n'était quand même pas le seul homme disponible de la région…

Lorsqu'elle redescendit au rez-de-chaussée, elle entendit la clé tourner dans la vieille serrure de la porte de devant. Bizarre, il était à peine midi, et le nouveau locataire n'était supposé arriver qu'à 15 heures… Peu importait, puisque tout était prêt pour l'accueillir. Elle allait le saluer puis le laisserait s'installer.

Un sourire aimable et professionnel aux lèvres, Abigail s'arrêta au milieu du salon dans l'attente du nouvel occupant.

Mais quand la porte s'ouvrit, elle sentit son souffle se bloquer dans sa poitrine.

Le nouveau locataire n'était autre que Luc.

6.

Elle n'avait pas changé du tout, songea-t-il, incapable de s'empêcher de la dévorer des yeux.

Visiblement sous le choc, elle ne bougeait pas non plus, un sourire figé aux lèvres. Blanche comme un linge, elle le fixait, les yeux écarquillés. Ses cheveux brun foncé, presque noirs, étaient noués en une queue-de-cheval décontractée et elle portait un jean usé et une parka rouge, ouverte sur un T-shirt en coton blanc. Malgré la vie de citadine qu'elle avait menée jusque-là, elle semblait aussi fraîche qu'une jeune villageoise, remarqua Luc.

C'était lui qui l'avait réduite à cette existence, se dit-il aussitôt avec culpabilité, c'était à cause de lui qu'elle travaillait pour une modeste entreprise de restauration.

— Bonjour, Abigail, dit-il en avançant d'un pas.

Elle secoua la tête d'un air incrédule.

— Que fais-tu ici ?

— Je… Je suis venu te voir.

— Me voir…

Cette fois, il avait perçu une trace de colère dans sa voix.

— Oui. Et j'ai eu beaucoup de mal à te retrouver, dit-il en s'avançant de nouveau vers elle.

Le fait de la revoir lui rappelait leur soirée merveilleuse, qui aurait pu se prolonger toute la nuit si… Il refoula ses pensées. Il ne pouvait se permettre de regrets. Pourtant, il s'approcha d'elle, s'enivrant de son parfum de lavande et de miel.

— Pourquoi as-tu cherché à me retrouver ? demanda-t-elle en croisant les bras, les yeux étincelants.

— Je voulais vérifier que tu allais bien.

Abigail avait l'impression que son esprit tournoyait… La colère montait en elle et, surtout, la présence de Luc la bouleversait. Son allure, ses traits si familiers, la ligne ferme de sa mâchoire, ses cheveux un peu longs qui frôlaient le col de sa chemise… Soudain, elle se sentit submergée par l'envie irrésistible de se jeter dans ses bras.

Aussitôt, elle recula d'un pas, il n'était pas question qu'elle s'abandonne ainsi à ses émotions.

— Je vois, dit-elle d'un ton délibérément neutre. Tu avais besoin de tranquilliser ta conscience, de t'assurer que je n'avais pas eu le cœur brisé après la nuit que nous avons *presque* passée ensemble il y a six mois, c'est cela ?

Luc s'empourpra légèrement. Etait-il vraiment embarrassé ou juste irrité ?

— Eh bien, tu peux avoir la conscience tranquille, reprit-elle d'une voix légèrement tremblante. Je vais bien.

— Tu as cessé de jouer, dit-il, restant immobile.

— Cette décision n'avait rien à voir avec toi.

— D'après la presse, tu as annulé plusieurs concerts.

Abigail sentit la colère renaître en elle, ce qui la surprit. Elle avait pourtant cru en avoir fini avec lui mais, maintenant qu'il était là, face à elle, elle comprenait à quel point il lui avait manqué.

— Cela ne te regarde absolument pas, fit-elle. Au fait, les lasagnes sont dans le frigidaire.

— Les lasagnes ? répliqua-t-il d'un ton brusque. Je n'ai commandé ces plats que pour te voir !

— Eh bien, tu m'as vue, dit-elle avec un petit rire sec. Tu as réussi une véritable prouesse en me retrouvant. Même les journalistes ne savent pas où me chercher, mais de toute façon, je suis sûre que maintenant, ils se moquent pas mal de moi.

— Pourquoi as-tu quitté la scène, Abigail ?

— Je viens de te dire que cela n'avait rien à voir avec toi.

— J'ai du mal à te croire.

Cette fois, elle éclata d'un rire incrédule.

— Tu préférerais peut-être que j'aie *vraiment* eu le cœur brisé ?

Il crispa les mâchoires et son regard se fit plus aigu.

— Je voudrais seulement savoir pourquoi tu as tout quitté.

Abigail laissa échapper un soupir exaspéré. Les quelques minutes qui venaient de passer l'avaient épuisée, à la fois émotionnellement et physiquement. Elle ferait mieux de partir sur-le-champ.

Mais, à la pensée de s'éloigner de Luc, une tristesse insoutenable l'envahit.

— Je crois qu'une tasse de thé nous ferait du bien, annonça-t-elle soudain.

Sans attendre sa réaction, elle se dirigea vers la cuisine et alla remplir la bouilloire. Ces gestes du quotidien l'aidèrent à refouler la marée d'émotions et de souvenirs qui menaçait de la submerger.

— Ton ancienne vie te manque ? demanda-t-il calmement.

Elle s'immobilisa, la théière à la main. Son ancienne vie lui manquait-elle ? Elle repensa au côté glamour de sa carrière, au public.

La musique lui manquait, terriblement, mais pas son ancien style de vie.

Soigneusement, elle prit des sachets de thé et les plaça dans la théière.

— Non, dit-elle. En tout cas, pas autant que je l'aurais cru.

— Pourquoi as-tu arrêté, Abigail ? demanda-t-il d'une voix douce. Pourquoi as-tu tout quitté aussi soudainement ?

— Tu as vraiment un gros complexe de culpabilité, dit-elle en se retournant vers lui. Tu t'en veux, n'est-ce pas ? Tu crois que tu as gâché ma carrière ?

— Je me suis posé la question, en effet.

Même s'il avait parlé d'un ton détaché, presque froid, Abigail avait perçu sa tristesse. Cela lui rappelait l'homme qu'elle avait rencontré à Paris six mois plus tôt, qui semblait tourmenté par le regret. Que lui était-il arrivé pour qu'il soit ainsi torturé ? Qu'avait-il fait ?

— Tu te trompes, Luc, dit-elle tranquillement. Ce n'est pas toi qui es responsable, pas vraiment. Il s'agit de moi.

— Que s'est-il passé ?

Sans répondre, elle versa l'eau bouillante dans la théière. Elle avait besoin de temps pour y voir clair dans ses pensées. Que s'était-il passé ? Tant de choses…

— Plusieurs choses se sont produites en même temps, dit-elle quand le thé fut prêt.

Elle remplit deux tasses avant d'en tendre une à Luc. Ils restèrent là en silence, perdus dans leurs propres pensées.

— Notre rencontre a été une sorte de révélateur pour moi, reprit-elle après quelques instants, en choisissant ses mots avec soin. Je me suis rendu compte que ma vie était terriblement limitée, *étriquée*, que je n'avais connu que le piano, les salles de concert, le travail et pas grand-chose d'autre.

Elle prit une gorgée de thé brûlant.

— Ce n'était pas vraiment une vie, ajouta-t-elle.

— Et tu as voulu changer cela ?

— Oui et, pour être franche, j'en avais besoin. J'étais *vidée*, mon jeu avait perdu toute substance et cela s'entendait.

— Tu es brillante, protesta Luc.

— J'ai cessé de l'être, répliqua-t-elle.

Elle n'avait pas oublié la blessure causée par la réaction déçue du public, par les critiques impitoyables. Pire, bien pire encore, il y avait eu ce vide en elle, cette impression atroce que le lien intime qu'elle avait forgé avec la musique avait soudain été rompu.

Le silence s'installa de nouveau entre eux, troublé seulement par le doux murmure lointain de la mer.

— Très bien, dit enfin Luc, avec un léger mépris dans la voix. Mais pourquoi avoir choisi la Cornouailles ? Et pourquoi ce travail servile ?

— Il n'a rien de *servile* ! lui lança vivement Abigail.

— Et si tu te blessais les mains ? Y as-tu pensé ?

Bien sûr qu'elle y avait pensé, mais quand elle avait accepté ce job, elle avait été trop perturbée pour s'en soucier vraiment.

— Je n'ai pas touché un piano depuis six mois, dit-elle calmement. Parfois, je me demande si je rejouerai un jour.

Jusqu'à présent, elle n'avait jamais énoncé cette crainte à voix haute et maintenant, ses propres paroles lui déchiraient le cœur. Elle détourna les yeux du visage choqué de Luc.

— Cesse de te sentir responsable de ce qui m'est arrivé, dit-elle en essayant de prendre un ton gai. Cela a très peu à voir avec toi. C'est plutôt une affaire de famille.

— Que veux-tu dire par là ?

— Mes parents sont musiciens, eux aussi. Ils n'ont rien connu d'autre que la musique, elle représente toute leur vie. Juste au moment de ma naissance, la carrière de violoniste de ma mère a commencé à démarrer. En revanche, celle de mon père, pianiste, s'est mise à décliner. Alors il a tout reporté sur moi.

Elle se rendit compte qu'elle s'exprimait d'un ton neutre, comme si elle parlait de quelqu'un d'autre. Effectivement, elle était devenue une autre personne.

— Il a transfusé tout son amour du piano en moi, ainsi que toute son ambition. J'aurais voulu ne jamais le décevoir.

Au cours des longues journées passées sur les routes, elle avait eu le temps de réfléchir à tout cela et avait compris beaucoup de choses. Cela avait été plutôt déstabilisant, mais c'était nécessaire et, finalement, bénéfique.

— Peut-être, dit Luc. Mais ton talent est évident, et supérieur à celui de ton père.

— Peut-être, en effet. Mais le talent et le désir ne vont pas toujours de pair.

Pourtant, le désir, le besoin de jouer, de sentir la musique surgir et danser sous ses doigts, restait vivace en elle. Mais soudain, Abigail se sentit lasse de cette discussion centrée sur elle.

— De toute façon, reprit-elle, qui sait ? Je rejouerai peut-être, si j'en ai l'occasion.

— Mais, si tu avais besoin de faire une pause, pourquoi n'es-tu pas allée te reposer dans un endroit agréable ? Au lieu de…

— … travailler comme femme de ménage ? l'interrompit-elle en riant. J'ai l'impression d'être en vacances, Luc, vraiment.

— Tu as les moyens de…

— Eh bien non, l'interrompit-elle de nouveau.

Elle se détourna pour rincer sa tasse sous le robinet. Elle n'avait pas eu l'intention de lui révéler ce détail, mais apparemment, Luc avait la capacité de la faire parler des événements les plus personnels.

— Abigail, que veux-tu dire ? demanda-t-il en s'approchant de l'évier.

— Mon père gérait tout l'argent que je gagnais, répondit-elle sans se retourner. Je disposais de tout ce dont j'avais besoin et franchement, je ne m'étais jamais beaucoup préoccupée de cette question. Mais…

Elle se tut un instant et inspira à fond avant de poursuivre.

— Mais juste au moment où je me suis sentie épuisée, reprit-elle, j'ai appris qu'il avait perdu quasiment tout ce que j'avais amassé en sept ans de concerts : des actions mal placées, la crise économique… Mais bon, mon père est un musicien, pas un banquier.

Luc poussa un juron étouffé.

— Tu pourrais l'attaquer en justice.

— Oh, Luc !, fit-elle en se retournant vers lui. Crois-tu vraiment que j'en aie envie ? C'est mon père et, pour être franche, je suis désolée pour lui. Je crois qu'il était plus investi dans ma carrière que moi.

— Que fait-il, maintenant ?

Andrew n'avait pas accepté son choix d'aller vivre en Cornouailles et d'accepter ce modeste emploi. Ils restaient à peine en contact et la seule fois qu'il l'avait appelée, cela avait été pour la supplier de se remettre à jouer.

— Il est probablement à Londres, en train d'essayer de me trouver des contrats. Il m'a proposé d'aller jouer à Brighton.

— Et ta mère ?

— Elle poursuit sa carrière. Mes parents vivent quasiment séparés depuis que j'ai commencé à faire des tournées. Elle m'a offert d'aller vivre avec elle à Manchester et d'enseigner le piano. Mais j'ai refusé. J'ai besoin de construire ma propre vie.

Elle s'interrompit un instant avant de continuer d'une voix ferme.

— Je vois que tu n'en penses pas grand bien, mais la décision m'appartient et figure-toi que je suis heureuse ici.

— Si tu as besoin d'argent…, dit-il après être resté silencieux un long moment.

— Non, merci, le coupa-t-elle en redressant les épaules.

— Je ne te laisserai pas travailler ainsi pour la simple raison que…

— Tu n'as pas le choix, Luc. Tu n'as aucun droit d'exercer un contrôle sur ma vie.

Une lueur farouche passa au fond de son regard bleu, lui donnant soudain un air menaçant.

— Ne me dis pas que tu as tout quitté uniquement à cause de ton père, lui lança-t-il d'une voix dure. C'est moi qui ai provoqué cette situation, Abigail.

— Tu as un ego stupéfiant, répliqua-t-elle d'une voix tremblante de colère.

— Vraiment ? Ce dont je suis sûr, c'est que cette soirée nous a affectés tous les deux.

Sa voix était devenue rauque, son regard brûlant.

— Six mois se sont écoulés, continua-t-il, et je n'arrive toujours pas à oublier. Ce souvenir me hante.

Cet aveu ébranla complètement Abigail. Elle voulait le croire, elle désirait croire que cette soirée avait bien été réelle, mais ne le pouvait pas. Son départ brutal lui avait démontré le contraire.

— Oui, dit-elle enfin. C'était il y a six mois, et nous avons avancé depuis cette soirée, Luc. Pourquoi ne me laisses-tu pas tranquille, maintenant ? Retourne à Paris ou dans le Languedoc, où tu voudras.

Le regard de Luc la dévorait, rempli de désir. Il tendit la main et lui prit le poignet, comme elle l'avait fait dans le bar, lorsqu'elle s'était offerte à lui avec tant d'audace.

— Je ne peux pas.

Abigail ferma les yeux. La sensation de ses doigts sur sa peau, le son de sa voix grave, ce léger accent français, faisaient tomber toutes ses défenses.

— Viens dîner avec moi, reprit-il. Ce soir.

Elle sentit son cœur bondir, sous le coup de la surprise, mais aussi d'une autre émotion : la peur ou l'espoir, peut-être même les deux à la fois.

— Je ne crois pas que ce soit une bonne idée.

— Tu as probablement raison, approuva-t-il en lui adressant ce sourire qui illuminait son visage. Mais viens dîner avec moi quand même.

Le regard suppliant, il attendait sa réponse. Elle se sentait toute prête à accepter : elle voulait le revoir, le toucher de nouveau, être touchée par lui… Même s'il disparaissait de nouveau, sans même lui dire au revoir.

— Non, Luc.

Où avait-elle trouvé la force de refuser ? Ces deux petits mots lui avaient coûté toute son énergie, son corps semblait épuisé par l'effort.

— Je suis désolée, reprit-elle. Je… Je ne peux pas.

Incapable de le regarder plus longtemps, elle passa devant lui et franchit la porte du cottage. Dès qu'elle eut passé la barrière du petit jardin, elle se mit à courir.

7.

Debout dans l'encadrement de la porte, Luc la regarda s'éloigner en courant. Elle semblait si pressée de le quitter…

Pourquoi l'avait-il invitée à dîner ? Alors qu'il aurait dû la laisser tranquille, il était venu la rejoindre avec un désir impitoyable, totalement égoïste.

Mais il ne pouvait pas s'en aller. Il ne quitterait pas Abigail ainsi, qu'elle le veuille ou non. Elle méritait mieux que tout ce qu'il pourrait jamais lui offrir, mais il devait au moins veiller à ce qu'elle ne manque de rien.

Soudain, il se demanda s'il s'aveuglait une fois de plus, refusait de regarder la vérité en face et d'accepter le fait que, tout simplement, il désirait la revoir, qu'il avait besoin d'elle et que tout cela n'était qu'un prétexte.

— Vous n'avez pas l'air en forme.

— Je n'ai pas bien dormi, reconnut Abigail.

— Avez-vous des soucis particuliers ? demanda Grace d'un ton léger.

Elle ouvrit le four dans lequel doraient des petits pains à la cannelle et leur parfum délicieux monta aux narines de la jeune femme.

— Non, pas vraiment, répondit-elle.

En réalité, il y avait une raison bien particulière à son insomnie : Luc. Dès l'instant où elle avait quitté Corner

Cottage, il avait envahi ses pensées et, pire encore, son cœur. Les souvenirs tournoyaient dans sa mémoire, tandis que son corps lui rappelait des sensations oubliées : la façon dont Luc avait chuchoté à son oreille, l'intensité avec laquelle il l'avait regardée, les yeux étincelants de désir, la douceur dont il avait fait montre dans ses caresses. Elle s'était sentie si merveilleusement à l'aise et en sécurité, avec lui.

Du moins l'avait-elle cru. En dépit de ce faux sentiment de quiétude, elle était sortie de cette rencontre profondément ébranlée, blessée au plus profond de son être, le cœur déchiré. Et ils n'avaient même pas fait l'amour ensemble ! C'était peut-être cela qui lui faisait le plus mal : alors qu'elle avait été prête à se donner à Luc, il l'avait fuie.

— Ce soir, ce sera du ragoût de bœuf et pain frais pour Corner Cottage, dit gaiement Grace en retirant les petits pains du four. Et il veut également le petit déjeuner.

— Le petit déjeuner ? répéta Abigail d'une voix creuse.

Ce simple mot éveillait en elle une myriade de sensations incroyablement troublantes. Elle s'imagina au lit avec Luc, tous deux enlacés, savourant ensemble des petits pains odorants et un délicieux café. Le *petit déjeuner.* Un repas qu'elle n'avait jamais partagé et ne partagerait jamais avec lui.

— Il faut que je retourne à Corner Cottage ? demanda-t-elle brusquement.

— Bien sûr, répliqua Grace en se tournant vers elle d'un air surpris. Il a passé des commandes pour tous les jours de la semaine.

— Parfait.

Toute la semaine. *Elle le verrait chaque jour.* Incapable de supporter cette perspective, elle ferma les yeux. Si elle le voyait toute la semaine, elle céderait. Elle ferait tout ce qu'il voudrait. Elle le *supplierait…*

— Abigail, vous vous sentez bien ?

Après avoir rouvert les yeux, elle se força à sourire.

— Oui, je vais tout à fait bien, répondit-elle avec une assurance exagérée.

— Y a-t-il quelque chose qui m'échappe ? demanda Grace en haussant les sourcils.

— Non.

Elle n'allait certes pas lui expliquer comment elle avait rencontré Luc, ni même lui dire qu'elle le connaissait.

— Je suis seulement un peu fatiguée, reprit-elle. Excusez-moi si je me conduis de façon un peu bizarre.

— Vous ne voulez pas aller à Corner Cottage ?

— Bien sûr que si, répondit précipitamment Abigail.

Puis elle se tut et se pencha pour prendre l'une des boîtes empilées à côté de la porte, avant de commencer à la remplir.

— J'y vais tout de suite, ajouta-t-elle en s'affairant.

— Il y a d'autres livraisons à effectuer, dit Grace d'une voix légèrement différente.

Etait-il possible qu'elle ait vu clair en elle, se demanda Abigail ? Probablement.

— Il y a Cadgwith et Mullion, poursuivit Grace. Vous pouvez y aller avant.

Abigail suivit son conseil, mais ce ne fut que lorsqu'elle se gara dans la rue principale de Carack qu'elle se rendit compte qu'elle aurait dû venir là en premier. Elle s'en serait ainsi débarrassée et, de plus, aurait eu une excuse pour partir rapidement.

Cela signifiait-il qu'elle avait besoin *d'excuse* pour quitter Luc ? Tout en s'interrogeant sur ses véritables motifs, elle sortit de la camionnette et prit la boîte posée à l'arrière puis s'avança d'un pas déterminé vers le jardin.

Mais lorsqu'elle se retrouva devant la porte de la cuisine, elle sentit son cœur se mettre à battre violemment dans sa poitrine. Après avoir inspiré à fond, elle souleva le vieux heurtoir en cuivre avant de le laisser retomber. Elle recommença, une fois, deux fois, mais personne ne vint lui ouvrir.

Irritée de constater qu'elle était déçue que Luc ne soit pas là, elle posa la boîte sur le sol, avant de prendre le double de la clé dans son sac.

Quand elle entra dans la cuisine un instant plus tard, Abigail ne put évidemment s'empêcher de regarder autour d'elle. Après avoir remarqué la tasse et l'assiette mises à sécher dans l'égouttoir, elle se dirigea vers le réfrigérateur et l'ouvrit. En plus d'un restant de lasagnes et de salade, il y avait un paquet de café moulu et une bouteille de lait.

Après y avoir ajouté rapidement les plats qu'elle avait apportés, elle s'apprêta à partir.

Il ne fallait pas, il ne fallait *surtout* pas qu'elle monte à l'étage, elle le savait. Maintenant qu'elle avait effectué sa livraison, elle n'avait qu'une chose à faire : s'en aller.

Pourtant, elle se retrouva bientôt à gravir l'escalier étroit, sur la pointe des pieds, retenant son souffle. Elle se conduisait comme une intruse. Elle aurait dû faire demi-tour, quitter cette maison et retourner chez Grace, soulagée d'avoir réussi à éviter Luc.

Mais elle continua à monter les marches.

Jetant un bref coup d'œil dans la salle de bains, elle aperçut une serviette pliée nettement sur le rebord de la baignoire, un rasoir et du savon à barbe d'un modèle un peu ancien posés à côté du lavabo.

— Il faut que je sorte de cette maison, chuchota-t-elle, presque en proie à un accès de panique.

Néanmoins, elle ne put s'empêcher d'entrer dans la chambre. Le lit n'était pas fait et lorsqu'elle s'approcha, elle vit nettement l'empreinte de la tête de Luc sur l'oreiller. Elle ne put alors réprimer le désir de se rapprocher, de se pencher pour humer son odeur sur les draps.

— Abigail ?

Horrifiée, elle se redressa brusquement avant de se retourner en posant la main sur sa poitrine.

— Oh ! Tu… Tu m'as fait peur !

— Tout va bien ? demanda-t-il d'un air interrogateur.

Elle se sentit devenir écarlate. Il l'avait vue en train de renifler ses draps !... Affreusement consciente de sa situation, elle ferma un instant les yeux avant de les rouvrir et de trouver la force de lui sourire.

— Oui, tout va bien. Je... Je vérifiais que tout était en ordre. Cela fait partie de mon travail.

— Tu es très... professionnelle, remarqua Luc.

A cet instant, Abigail comprit qu'il n'était pas dupe.

— Oui, c'est important de tout vérifier, répliqua-t-elle en redressant le menton. Eh bien, maintenant, je n'ai plus qu'à m'en aller.

Elle se dirigea vers la porte mais il ne s'écarta pas d'un centimètre, lui barrant le passage.

— Luc ? interrogea-t-elle en essayant de sourire de nouveau.

Ses yeux avaient pris la teinte de la mer, constata-t-elle.

— J'ai quelque chose pour toi.

— Non, dit-elle rapidement.

Même si elle ignorait de quoi il parlait, elle savait qu'elle devait s'en aller avant de se laisser aller à commettre un acte stupide, comme le toucher, ou lui demander de la toucher.

— Je t'en prie, Luc, murmura-t-elle. Laisse-moi passer.

Après avoir hésité un instant, il s'écarta. Aussitôt, elle s'avança vers l'escalier. Il la suivit et, lorsqu'elle posa la main sur la poignée de la porte de la cuisine, l'arrêta d'une voix sourde.

— Ne t'en va pas.

— J'ai encore du travail, dit-elle en lui jetant un coup d'œil par-dessus l'épaule.

Il enfonça la main dans sa poche.

— Je te l'ai dit : j'ai quelque chose pour toi.

Abigail se retourna alors avec réticence.

— Bon. De quoi s'agit-il ?

Luc lui tendit alors un morceau de papier et ce ne fut

que lorsqu'elle l'eut en main qu'elle vit qu'il s'agissait d'un chèque.

Elle cligna des yeux avec ahurissement. Elle avait entre les mains un chèque d'un montant d'un million de livres sterling. Sentant une vague de nausée lui monter aux lèvres, elle secoua la tête.

— Qu'est-ce que c'est que cela ?

— Je veux que tu ne manques de rien.

— Un million de livres ? fit-elle en refoulant des larmes subites. C'est le prix à payer pour soulager ta conscience ?

Un muscle tressaillit sur le cou de Luc.

— Considère plutôt cela comme un cadeau.

Les doigts tremblants, elle déchira le chèque en deux, puis le déchira de nouveau, encore et encore, jusqu'à ce que les miettes en tombent lentement sur le sol.

— Je ne veux pas de ton argent, Luc, dit-elle calmement. C'est *toi* que je désirais. Mais visiblement, ce n'était pas réciproque et même un million de livres n'y changera rien.

Il resta silencieux un long moment, le regard sombre et le teint soudain très pâle.

— Il y a six mois, je traversais une passe difficile, dit-il enfin. J'étais marié.

Abigail se sentit abasourdie sous le choc.

— Tu étais marié ? répéta-t-elle en sentant des ondes glacées la parcourir.

— Non, pas à ce moment-là. Ma femme, Suzanne, était morte six mois avant que nous nous rencontrions, toi et moi.

Il avait parlé d'un ton presque neutre, mais au fond de son regard, Abigail voyait la souffrance qui le rongeait.

— Je suis désolée, dit-elle, tout en sachant que ces mots étaient totalement insuffisants.

Toutes sortes de pensées tournaient vertigineusement dans son esprit. Etait-ce pour cela qu'il était parti ? Parce qu'il était en deuil de son épouse ?

— Tu dois l'avoir aimée énormément, reprit-elle.

Il ne répondit pas et elle se demanda s'il l'avait entendue.

— Je suis parti parce que je savais que je ne pouvais pas, que je ne peux pas, t'offrir ce que tu mérites, ce dont tu as besoin.

Il eut un mouvement brusque de la main.

— Je n'ai rien à t'offrir, Abigail.

La gorge serrée, les yeux brûlants, elle hocha la tête, tandis que Luc contemplait les morceaux de papier éparpillés sur le sol pavé.

— Pourquoi n'en veux-tu pas, Abigail ? demanda-t-il calmement. Tu en as besoin.

— A vrai dire, non, je n'en ai pas besoin. L'argent n'a pas d'importance, Luc.

Elle ferma les yeux pour trouver la force de continuer.

— Je croyais… Je croyais que nous avions partagé quelque chose ce soir-là, que c'était le commencement de quelque chose. Mais pour toi, c'était juste un moyen de te perdre pendant quelques heures, n'est-ce pas ? Même si nous avions fait l'amour, tu serais parti au matin.

Il ne répondit rien et Abigail comprit qu'elle avait raison. Cela n'aurait pas dû la surprendre, ni lui faire mal, mais c'était affreusement douloureux. Elle secoua lentement la tête et se tourna vers la porte.

— Au revoir, murmura-t-elle.

— Ce n'était pas cela.

Une fois encore, la voix de Luc l'arrêta. Elle avait résonné si tristement.

— Du moins, corrigea-t-il, je ne voulais pas que cela se passe comme cela.

Incapable de bouger, elle attendit, même si elle savait qu'elle aurait dû partir. Lorsque Luc se dirigea vers elle, elle se retourna lentement.

— Cette soirée a été l'une des plus belles expériences de ma vie, Abigail. Je sais que ces mots doivent te sembler ridicules, mais…

Ses yeux se soudèrent aux siens.

— Cela m'a redonné de l'espoir à un moment où j'étais en proie à un désarroi total.

— Alors, pourquoi es-tu parti ? demanda-t-elle d'une toute petite voix. Avais-tu changé d'avis ?

Faisant un effort pour ravaler sa fierté, elle ajouta :

— Tu ne me désirais plus ?

— Oh, Abigail ! fit-il d'une voix étouffée en se rapprochant d'elle. Comment peux-tu penser cela ?

Il tendit la main et lui posa les mains sur les épaules, avant de les remonter vers son visage. Quand ses doigts se glissèrent sous ses cheveux, elle ferma les paupières.

— Je n'ai jamais désiré quelqu'un comme je te désire, murmura-t-il avant de déposer un baiser sur son front.

Puis il laissa errer ses lèvres sur sa joue tandis qu'Abigail frémissait violemment.

— Je suis parti pour ne pas te faire mal.

Sa bouche effleura la sienne.

— Mais tu vois, je continue à revenir vers toi, reprit-il d'une voix brisée. Je ne peux pas te laisser en paix, même si je sais que ce serait la meilleure chose à faire.

A cet instant, elle se souciait si peu de ses raisons de partir ou de rester ! Elle ne désirait qu'une chose : que ce moment dure, que Luc la garde avec lui, même si elle devait se retrouver plus tard avec le cœur brisé.

— Ne me laisse pas partir, chuchota-t-elle.

L'air grave malgré le très léger sourire qui flottait sur ses lèvres, il la contempla sans rien dire. Puis il fit glisser le T-shirt d'Abigail par-dessus sa tête et déboutonna son jean. Elle s'en débarrassa rapidement, puis ôta sa culotte avant de se tenir nue devant lui, sans aucune peur ni appréhension.

C'était aussi merveilleux que la première fois, songea-t-elle, et pourtant, c'était également différent. Elle-même était différente, plus forte peut-être, plus sûre d'elle.

— J'ai rêvé de cet instant, dit-il en souriant.

— Moi aussi, avoua-t-elle dans un souffle, tout en commençant à déboutonner sa chemise.

Quelques secondes plus tard, ils étaient nus tous les deux, et Luc l'entraînait vers le lit. Depuis la fenêtre ouverte, Abigail entendit le murmure de la mer, le cri lointain d'une mouette, puis ne pensa plus à rien.

Luc s'occupa de son corps avec sa bouche, avec ses mains. Il la touchait avec une douceur exquise, presque avec vénération, tandis qu'elle s'offrait à ses caresses. Bientôt, tout s'évanouit autour d'elle, ne subsistèrent que les sensations merveilleuses qui déferlaient en elle, la consumant vague après vague.

Quand leurs corps se joignirent enfin, elle ne se raidit pas, même si elle savait qu'elle allait souffrir un peu. Effectivement, elle ressentit une douleur, mais celle-ci céda rapidement devant le plaisir qui naissait au plus profond d'elle. C'était cette fusion qui lui avait tant manqué, songea-t-elle confusément avant de sombrer dans l'extase.

Ensuite, elle resta alanguie dans ses bras, observant un rayon de soleil qui s'allongeait sur le plancher. Elle se tourna vers Luc et caressa sa mâchoire volontaire. Il avait les yeux fermés, mais elle savait qu'il ne dormait pas. Peut-être voulait-il ainsi éviter toute possibilité de conversation, se dit-elle avec une ombre de tristesse.

Mais qu'avaient-ils à échanger ? Il lui avait bien fait comprendre qu'il n'avait rien à lui offrir, à part une telle étreinte, uniquement charnelle.

Cela en valait-il la peine ? La question résonna en elle et elle ferma les yeux, sentant encore son corps vibrer de volupté.

Oui, cela en avait valu la peine, même si elle se sentait maintenant envahie par une profonde mélancolie.

Finalement, elle dut s'endormir, car elle se réveilla soudain dans l'obscurité et le froid. Seule… Luc était parti.

Elle s'assit dans le lit, avant de se pencher pour ramasser

son T-shirt. Puis, après l'avoir enfilé, elle sortit de la chambre. Il ne pouvait pas avoir quitté le cottage, l'avoir abandonnée comme il l'avait fait six mois plus tôt…

Dès qu'elle arriva au bas de l'escalier, elle l'aperçut. Un verre de whisky dans la main, il était assis sur le sofa, l'air sombre et distant.

Se sentant ridicule, vêtue de son seul T-shirt, elle s'arrêta sur le seuil de la pièce et frissonna. A cet instant, il tourna la tête et la regarda. Un océan de non-dits les séparait.

— Viens, dit-il enfin d'un ton à la fois autoritaire et suppliant.

Abigail obéit, sans même réfléchir, sans même envisager de refuser. Elle alla vers lui et s'arrêta devant le canapé. Après avoir posé son verre, Luc tendit les mains et l'attira sur ses genoux. Aussitôt, elle se blottit contre lui et appuya sa joue sur sa poitrine. Sans dire un mot, il lui caressa les cheveux, en un doux mouvement répétitif, comme si elle était une enfant.

Abigail se demanda à quoi il pensait, elle sentait un mélange de tristesse et de regrets émaner de lui.

Puis il finit par bouger et se leva, la portant dans ses bras, comme si elle ne pesait rien. Toujours en silence, il l'emporta vers l'escalier tandis qu'elle lui passait instinctivement les bras autour du cou. Il monta tranquillement les marches et la déposa sur le lit. Son regard scrutait le sien, réclamant le pardon.

Et elle le lui accorda tacitement. Prenant son visage entre ses mains, elle l'attira vers le sien, avant que leurs bouches ne s'unissent en un long baiser.

Si c'était tout ce que Luc pouvait lui offrir, eh bien elle l'acceptait. Elle ferait en sorte que ces instants, cette nuit, durent toute sa vie. Elle les garderait dans sa mémoire, les graverait dans son cœur.

Quand il s'allongea à côté d'elle, approfondissant le

baiser avec passion, Abigail comprit que c'était aussi sa façon de lui dire adieu.

Lorsqu'elle se réveilla, il dormait à côté d'elle, un bras replié au-dessus de sa tête, le visage détendu. Se soulevant sur un coude, elle le regarda, se repaissant de l'expression de paix et de bonheur qui se lisait sur ses traits. Elle lui caressa doucement la joue, puis la mâchoire, avant d'effleurer ses sourcils, comme pour en inscrire le dessin dans sa mémoire. Quand il bougea légèrement, elle retira sa main avec regret.

Puis, avant que le courage ne l'abandonne, elle se glissa hors du lit. Alors qu'elle se rhabillait rapidement, il remua de nouveau.

Craignant qu'il ne se réveille, elle sortit de la pièce sans bruit.

Et sans un regard en arrière.

8.

Des jours durant, elle attendit que Luc vienne la retrouver, qu'il l'appelle, qu'il lui écrive, qu'il se manifeste d'une manière ou d'une autre. Pourtant, au fond de son cœur, elle savait qu'il n'en ferait rien. Effectivement, son silence fut total.

— Avez-vous cuisiné des oignons ? demanda-t-elle à Grace, un après-midi.

Celle-ci leva les yeux de la quiche qu'elle sortait du four.

— J'en ai haché un ce matin, dit-elle d'un air surpris.

— Ce doit être cela, alors, fit Abigail avec une petite grimace. L'odeur m'a incommodée tout à l'heure.

— Si je ne vous connaissais pas, répliqua Grace en riant, je dirais que vous êtes enceinte.

Aussitôt, Abigail se figea et sa patronne cessa de rire.

— Abigail…

Abigail essaya de sourire, de rire, mais échoua lamentablement et un son pitoyable sortit de sa gorge.

— Abigail, répéta Grace en venant rapidement vers elle.

Puis elle la prit dans ses bras.

— Excusez-moi, reprit-elle avec douceur. J'ai été horriblement brutale. Je ne pensais pas que vous fréquentiez quelqu'un.

— Effectivement, je n'ai personne, répliqua Abigail d'une voix sombre.

— Et je viens encore d'être maladroite, fit Grace en la serrant plus fort. Mon Dieu…

Elle recula et examina le visage d'Abigail avec une sollicitude toute maternelle.

— Qu'allez-vous faire ? Apparemment, il y a un risque.

— Oui, il y en a un.

Luc avait utilisé un préservatif, mais il se produisait parfois des accidents. Ses mains se posèrent instinctivement sur son ventre, comme si la vie minuscule, s'il y en avait bien une, pouvait avoir perçu ce mot affreux : *accident.*

— Nous allons acheter un test de grossesse, reprit Grace. Ils sont très rapides de nos jours, et fiables.

— Oui, c'est vrai.

Quelle conversation absurde, songea-t-elle. On aurait dit une publicité pour un test de grossesse. De toute façon, son corps connaissait déjà la réponse. Elle repensa aux nausées, à sa fatigue, au fait que son jean la serrait à la taille… Elle n'avait pas compris plus tôt par manque d'expérience, mais maintenant que cette possibilité avait été énoncée à voix haute, cela lui sembla évident.

Elle était enceinte. Elle portait l'enfant de Luc.

Voyant que Grace l'observait avec inquiétude, elle réussit à lui sourire.

— Oui, vous avez raison, dit-elle. Je crois que je vais aller en acheter un.

— Vous voulez que je vous accompagne ?

— Non. Non, merci, ce n'est pas la peine.

Elle se rendit à Helston, les yeux brouillés durant tout le trajet qui prit une dizaine de minutes. Son esprit semblait tourner en boucle : elle était enceinte, enceinte, enceinte…

Le vendeur à qui elle s'adressa n'était qu'un adolescent au visage criblé de taches de rousseur, mais il lui tendit le test sans un seul battement de cils.

— Cela fera dix livres, dit-il d'une voix monocorde.

— C'est cher, non ? répliqua bêtement Abigail.

— C'est le prix, répondit-il, l'œil morne.

— Très bien.

Après avoir quitté le magasin, elle se rendit dans les toilettes d'un café pour faire le test, incapable de supporter l'idée de retourner chez Grace et de la voir attendre le résultat.

Cela ne lui prit que quelques minutes. La couleur de la languette du test urinaire était sans équivoque : elle était *vraiment* enceinte.

Hébétée, elle sortit des toilettes, puis du café et reprit la camionnette pour retourner chez Grace. Dès que celle-ci la vit, elle la prit dans ses bras.

— Oh, mon enfant…

Puis elles restèrent silencieuses toutes les deux un long moment, avant que Grace ne la repousse doucement.

— Vous savez, je vous soutiendrai à cent pour cent, quelle que soit votre décision.

Abigail hocha la tête. Avait-elle vraiment le choix ? La minuscule vie avait déjà pris ses racines, dans son ventre et dans son cœur. Il, ou elle, faisait partie de sa chair. Elle garderait son enfant, l'enfant de Luc.

Tout en prenant son petit déjeuner dans la suite de son hôtel parisien, Luc ouvrit son journal à la section « Culture ». Il faisait cela chaque jour, survolant rapidement les titres, incapable de se formuler à lui-même ce qu'il recherchait.

Soudain, il déchiffra ces mots : « LA VIRTUOSE DU PIANO SERAIT-ELLE ENCEINTE ? »

Une photo un peu floue montrait Abigail marchant dans une rue de Londres et, d'un cercle rouge, le journal avait souligné le léger renflement de son ventre.

Il lut l'article en quelques secondes. Le journaliste opérait des rapprochements entre son soudain retrait de la scène, ses mauvaises critiques de l'année précédente, puis sa mystérieuse réapparition à Londres cette semaine.

Le tout se résumait à quelques lignes et se trouvait en troisième page de la rubrique culturelle, remarqua Luc. Abigail ne faisait plus sensation.

Cependant, elle était apparemment enceinte. Il ne douta pas un seul instant que, si grossesse il y avait, il en était le responsable.

De plus, que faisait-elle à Londres ?

En proie à un véritable tourbillon de pensées, il repoussa le journal. Son café refroidissait, tandis que le soleil s'élevait dans le ciel, projetant des ombres de plus en plus longues sur le plancher.

Finalement, comme s'il émergeait d'un rêve, Luc prit son téléphone et en souleva le clapet d'un coup sec.

— J'ai besoin du jet, dit-il d'une voix tendue à son assistant. Ce matin.

— Il se trouve à Avignon et il est presque midi.

— Faites-le venir à Paris pour 16 heures, répliqua-t-il avec impatience. Je veux être en Cornouailles à 18 heures.

— Très bien, monsieur le comte.

Le début du printemps s'épanouissait dans le sud de l'Angleterre, constata Luc en voyant les buissons bien verts qui bordaient la route longeant la mer. Dans quelques instants, il serait à Carack.

Corner Cottage étant déjà occupé, il avait loué un studio dans une vaste villa édouardienne. C'était peut-être aussi bien, songea-t-il. Ce qu'ils avaient vécu ensemble appartenait au passé, comme il l'avait compris en se réveillant seul, six mois plus tôt.

Le départ d'Abigail avait été plus éloquent que des paroles. Le cœur vide, Luc avait alors pensé que c'était mieux ainsi, pour tous les deux.

Mais, si elle était vraiment enceinte de lui, cela changeait tout. Il ne pouvait ni formuler ni même envisager ce qu'il se préparait à faire. N'ayant rien à lui offrir, il ne pouvait ni l'épouser, ni l'aimer, néanmoins, il connaissait ses responsabilités envers cet enfant et ne se déroberait pas. Pas cette fois.

Ses doigts se crispèrent sur le volant. Il devait découvrir la vérité et, tout d'abord, retrouver Abigail.

Le crépuscule répandait une douce lumière mauve sur la mer lorsque Abigail entra dans le minuscule cottage où elle louait un studio. Bien que modeste, celui-ci était confortable et pittoresque. Après avoir vécu des années dans des hôtels, elle appréciait son nouveau logis, avec son grand lit couvert d'une couverture en patchwork multicolore et ses quelques meubles hétéroclites.

Dès qu'elle eut franchi le seuil, elle posa son sac sur une chaise et laissa échapper un long soupir en plaçant les mains sur ses reins douloureux.

— Bonsoir, Abigail.

Stupéfaite, elle se retourna vivement et laissa retomber ses mains.

Luc était assis dans le vieux fauteuil installé au fond de la pièce, les jambes soigneusement croisées. Dans la lueur imprécise du crépuscule, Abigail ne pouvait déchiffrer l'expression de son visage, mais sa voix était affreusement neutre, presque froide.

— Luc !

Le choc était si violent qu'elle resta muette.

— Les gens ont été très aimables, surtout quand je leur ai dit que je voulais te faire une surprise et que j'étais le père de ton enfant.

Elle poussa un gémissement et tendit la main pour allumer la lampe. Ses pensées tournaient vertigineusement et elle se sentit déchirée entre la fureur, la crainte et une joie totalement déraisonnable.

— Je suis sûre que tu les as intimidés.

— Peut-être, répliqua-t-il en haussant négligemment les épaules. Mais je constate que tu ne m'as pas corrigé, dois-je en conclure que je suis bien le père de cet enfant ?

Abigail laissa échapper un rire bref.

— Tu veux dire que tu te demandes si je suis enceinte de toi ou de cet autre amant que je fréquentais quand tu séjournais à Carack ?

— Ne sois pas sarcastique, Abigail.

— Tu n'as pas à me dicter ma conduite, riposta-t-elle vivement. Tu n'en as pas le droit !

— Vraiment ? fit-il d'une voix dangereusement douce. Et toi, avais-tu le droit de me cacher ta grossesse ?

Elle se mit de nouveau à rire en secouant la tête.

— Tu as vraiment du culot ! Je ne connais même pas ton nom de famille, je ne sais pas non plus où tu vis, en dehors du Languedoc, si tu y vis vraiment... Je ne sais rien de toi. Comment aurais-je pu t'en parler ?

— Quand j'ai loué Corner Cottage, j'ai donné mon nom à ta patronne. Tu aurais pu le lui demander.

— En effet, admit-elle, encore plus furieuse devant son refus de s'expliquer ou de s'excuser. Mais, franchement, tu m'as plutôt donné l'impression de ne pas vouloir être retrouvé, reconnais-le.

Luc se leva en un mouvement gracieux et rapide, avant de venir s'arrêter devant elle.

— Lequel de nous deux ne voulait pas être retrouvé ? demanda-t-il en se penchant vers elle. Cette fois, qui est parti au milieu de la nuit, Abigail ?

Refusant de se laisser intimider, elle releva le menton.

— Ce n'est pas agréable de se retrouver seul au petit matin, n'est-ce pas ?

— Veux-tu dire que tu l'as fait pour prendre ta revanche ?

Soudain terriblement désemparée, elle soupira en secouant la tête. D'autre part, elle avait très mal au dos.

— Non, répondit-elle après un instant. Je ne sais pas ce qui m'a poussée à partir.

Puis elle se détourna et alla chercher du paracétamol dans le petit placard suspendu au-dessus de l'évier, dans le coin cuisine.

— Je ne voulais pas t'entendre me répéter au réveil que tu ne pouvais pas me donner ce dont j'avais besoin, ajouta-t-elle après avoir avalé deux comprimés.

Puis elle se mit à rire avec amertume.

— Après cela, j'aurais dû sourire et te répondre que je te comprenais parfaitement, qu'après tout, j'aurais dû savoir à quoi m'en tenir, n'est-ce pas ?

— Tu crois vraiment que c'est ce qui se serait passé ? demanda-t-il après quelques instants, d'une voix songeuse et un peu triste.

Soudain, toute fureur sembla les quitter.

Elle se retourna vers lui et lui lança un regard incrédule.

— Veux-tu dire que je me suis trompée ?

Luc secoua lentement la tête.

— Ce qui compte maintenant, c'est que tu portes mon enfant, dit-il sombrement. Cela change tout.

Abigail sentit un froid horrible pénétrer dans son cœur.

— Je ne vois pas ce que cela change.

Puis elle se détourna et rinça son verre sous le robinet.

— Pourquoi es-tu allée à Londres ? demanda-t-il brusquement. Tu ne cherchais pas… un moyen de…

— Tu veux parler d'avortement ? Bien sûr que non !

— Ce serait une chose horrible que d'avorter de mon enfant sans me le dire.

— Aussi horrible que de me laisser seule dans une chambre d'hôtel et de me faire réveiller par la femme de chambre ?

— Je suis désolée que cela se soit passé ainsi. Mais nous en avons déjà parlé, Abigail et je t'ai présenté mes excuses. Tu tiens vraiment à reprendre cette conversation ?

— Non. De toute façon, nous n'avons rien de plus à nous dire, fit-elle en se détournant de nouveau.

Mais Luc lui posa la main sur l'épaule.

— Pourquoi es-tu si en colère contre moi, Abigail ? Tu l'es encore plus qu'avant. Est-ce à cause de l'enfant ?

— Non, répondit-elle brusquement, ce n'est pas à cause de lui. C'est…

Mais elle était trop bouleversée pour répondre calmement, et, à vrai dire, ne se comprenait pas vraiment elle-même.

— Je ne sais pas pourquoi, Luc. Peut-être est-ce à cause des changements hormonaux. Tout ce que je peux dire, c'est que je commence à détester la façon dont tu surgis dans ma vie quand cela te chante. Je ne sais jamais si tu arrives, si tu t'en vas, ni quand tu…, ni… rien du tout.

— Ce n'est pas moi qui suis parti la dernière fois, lui rappela-t-il.

— Ce n'était qu'une question de temps, non ?

— Je ne…

Il s'interrompit et Abigail vit le regret assombrir ses yeux tandis qu'il raidissait les épaules. Peut-être aurait-il voulu éprouver des sentiments, songea-t-elle tristement, donner plus, mais il ne le pouvait pas.

— Cela n'a pas d'importance, dit-elle calmement. Le passé est le passé.

— Oui, et c'est au futur que nous devons penser, répliqua-t-il en baissant les yeux sur son ventre.

Bien sûr, comprit-elle soudain. Si Luc était revenu, c'était uniquement parce qu'il avait appris, d'une façon ou d'une autre, qu'elle était enceinte, parce qu'il se sentait responsable envers son enfant. Evidemment, il possédait un tel sentiment de culpabilité…

Mais qu'est-ce que cela impliquait sur le plan pratique, réaliste, quotidien ? Voulait-il faire partie de la vie de son enfant ? De la sienne ?

C'était trop violent, trop soudain, trop déstabilisant. Tout à coup, Abigail se sentit en proie à une nausée épouvantable, accompagnée d'un véritable vertige. Elle ferma les yeux et ne vacilla qu'un instant, mais Luc le remarqua.

— Mon Dieu, murmura-t-il, d'un air à la fois furieux et effrayé. On dirait que tu vas t'évanouir.

— Non, fit-elle en gardant les yeux clos. Je suis fatiguée, c'est tout, il faut que je m'assoie. Je n'ai pas mangé et...

— Tu es enceinte de... quatre ou cinq mois et tu n'as pas mangé ?

Elle rouvrit les yeux et se laissa tomber sur une chaise.

— Cinq. Et si tu ne m'avais pas interrompue, j'allais dire que je n'avais rien mangé depuis quelques heures.

S'appuyant au dossier de sa chaise, elle referma les yeux.

— Il y a des barres énergétiques dans mon sac, si tu voulais bien aller m'en chercher une.

— Tiens, dit-il quelques secondes plus tard, en lui tendant tout le paquet.

— Merci, répliqua-t-elle en l'ouvrant rapidement.

— Il y a un pub à Carack, nous pourrions y aller...

— Tout le monde va jaser, dit-elle en se forçant à rire.

— Je me fiche des ragots de deux ou trois pêcheurs. Il faut que tu manges correctement.

— D'accord, dit-elle en se levant de sa chaise. Tu as gagné.

Quand elle eut pris son sac, Luc ouvrit la porte du studio. Dans l'obscurité qui régnait maintenant dans le cottage, Abigail chercha l'interrupteur à tâtons.

— Il n'y a pas d'autres locataires ? demanda-t-il.

— Non, c'est une résidence de vacances. Les propriétaires viennent parfois y passer le week-end et ils m'ont proposé de m'y louer un studio. En échange, je surveille la maison.

— Ainsi, tu vis seule ici ? dit-il en fronçant les sourcils d'un air désapprobateur.

— Oui, comme une grande fille, répondit-elle d'un ton moqueur.

Il ne fit aucun commentaire, mais elle se prépara à affronter d'autres questions. Maintenant qu'elle portait son enfant, il allait critiquer tous les aspects de sa façon de vivre.

Une fois sortis du cottage, ils prirent la rue principale qui longeait le bord de mer. Abigail regarda les bateaux de pêche aux couleurs vives au repos, à moitié dans la vase, à moitié dans l'eau qui venait lécher leurs flancs.

Quelques minutes plus tard, ils arrivèrent devant l'unique pub du village, une maison aux murs blanchis à la chaux et au toit de chaume. Luc ouvrit la porte avant de s'écarter pour la laisser passer devant lui.

— Merci, murmura-t-elle en pénétrant dans la salle peu éclairée.

Aussitôt entré, Luc se dirigea vers le patron et s'entretint avec lui. Celui-ci les entraîna bientôt vers une petite salle privée située à l'arrière du pub.

— Tu as commandé ? demanda Abigail en suivant Luc, sous les regards curieux des pêcheurs qui s'étaient arrêtés de parler, leur pinte de bière à la main.

— Oui, soupe de légumes et steak. Il faut que tu reprennes des forces.

Ils se trouvaient maintenant dans une pièce agréable, avec une grande cheminée en pierre.

— Merci de te soucier de ma santé, dit-elle en s'asseyant devant une table pour deux.

Il la regarda un instant en penchant légèrement la tête sur le côté.

— Quand je t'ai rencontrée à Paris, tu étais presque innocente, tu jetais un regard émerveillé sur tout. A présent, tu sembles devenue… cynique.

— Juste réaliste, répliqua-t-elle.

— Est-ce à cause de moi ? A cause de ce qui s'est passé entre nous ?

— Beaucoup de choses se sont passées, Luc. Oui, bien sûr, il y a eu toi, et cette soirée. Mais d'autres faits sont intervenus, par exemple, la découverte que j'avais perdu tout l'argent que je croyais posséder.

Elle baissa un instant les yeux avant de continuer.

— Et la perte de la joie que me procurait la musique, de tout ce sur quoi j'avais fondé ma vie. Je ne suis pas cynique, tu vois, ni même réaliste. Je ne suis même pas sûre de savoir pourquoi j'ai cessé de jouer. J'ai seulement l'impression que je désire être libre d'être moi-même, de dire, de faire ce que je veux. Au moins, maintenant, il n'y a plus d'attentes qui reposent sur moi, plus de contraintes.

Après avoir pris son verre, elle avala une gorgée d'eau.

— Tu ne peux probablement pas t'imaginer à quel point c'est merveilleux, reprit-elle.

— As-tu rejoué un peu ?

— Non. C'est mieux ainsi, du moins pour l'instant.

Pourtant, elle se réveillait parfois au beau milieu de la nuit, les bras tendus en avant, les doigts écartés, en train de jouer dans son sommeil. Et puis, il y avait cette crainte atroce qu'un jour elle se remette à jouer et qu'elle ne sente plus rien, plus de joie.

— Tu es heureuse ?

Abigail réfléchit un instant avant de répondre.

— Je suis assez honnête envers moi-même pour reconnaître que je ne désire pas passer le reste de ma vie à livrer des repas, même dans un endroit aussi charmant que la Cornouailles. Mais pour l'instant, je suis contente de vivre ainsi.

— Tu es enceinte de cinq mois et tu portes encore ces boîtes ? fit-il d'un air incrédule.

— J'ai demandé conseil à la sage-femme. Du moment que je ne fais pas d'efforts, je peux continuer à travailler.

— Abigail, tu fais un travail beaucoup trop éprouvant ! Ce n'est pas bon et je ne le permettrai pas.

— Oh… Et comment comptes-tu m'en empêcher ? répliqua-t-elle en lui adressant un sourire moqueur.

Luc jura tout bas.

— Ne pouvons-nous pas envisager la situation de façon raisonnable ? demanda-t-il.

Pour la première fois depuis longtemps, elle sourit franchement.

— Cela dépend de ce que tu entends par *raisonnable.*

Après s'être appuyé au dossier de sa chaise, il se passa la main dans les cheveux. Soudain, il eut l'air embarrassé et, étrangement, un peu vulnérable.

— Je voudrais que tu ne portes pas de choses lourdes, dit-il, et que tu ne vives pas seule. Tu as eu un vertige tout à l'heure. Que se passerait-il si cela t'arrivait dans les escaliers ?

— Cela n'arrivera pas.

— Tu ne peux pas le savoir. En arrivant, je suis allé voir ta patronne. Grace est une femme adorable, mais comme tu le sais, son dos est en mauvais état et elle ne peut pas t'aider.

— Je n'ai pas besoin qu'elle m'aide ! protesta Abigail.

— As-tu d'autres amis, ici ? Des gens que tu pourrais appeler en cas de besoin ?

— Bien sûr que j'ai des amis !

Cependant, Luc avait raison. Elle avait beau connaître quelques personnes, aucune d'entre elles n'était assez proche pour qu'elle puisse l'appeler au milieu de la nuit ou en cas d'urgence. C'étaient des gens à qui elle disait bonjour en les croisant dans la rue, ou avec qui elle bavardait en faisant ses courses, rien de plus…

— Parlons du plus important, poursuivit Luc avec détermination. Qu'allons-nous faire après la naissance de l'enfant ?

A cet instant, le serveur apporta leurs plats, ce qui laissa un peu de temps à Abigail pour rassembler ses pensées. Qu'entendait Luc par *nous* ?

Une fois le serveur parti, elle se mit à jouer avec sa cuiller. Subitement, tout son appétit avait disparu.

— Il est hors de question que je ne fasse pas partie de la vie de mon enfant, décréta Luc.

Elle ne savait toujours pas quoi dire. Elle aurait voulu argumenter, mais comment ? En théorie, elle était d'accord avec lui : les pères devaient s'impliquer dans la vie de leurs enfants. Mais comment cela allait-il fonctionner sur un plan pratique ? Comment Luc pourrait-il faire partie de la vie de son enfant, de sa vie à elle, sans qu'elle se retrouve avec le cœur brisé ?

— Bien sûr, dit-elle enfin en raffermissant sa voix.

Puis elle plongea sa cuiller dans la soupe.

— Tu pourrais peut-être venir le voir un week-end sur deux…

— Je ne te laisserai pas me mettre ainsi à l'écart, répliqua-t-il en secouant vigoureusement la tête.

— Puisque tu n'as rien à m'offrir, fit-elle, traversée par une soudaine fureur, comment pourrais-tu avoir quelque chose à offrir à mon enfant ?

— *Notre* enfant, corrigea-t-il aussitôt.

— Pour te parler franchement, dit-elle en laissant échapper un soupir las, je n'ai pas encore vraiment pensé à ce qui se passera après la naissance du bébé. J'ai plutôt pris les choses comme elles se présentaient, d'autant que j'ai été sujette à de fréquentes nausées très violentes.

— De toute façon, nous avons le temps d'en reparler, dit-il en haussant les épaules. Je peux rester ici une semaine.

C'est-à-dire guère longtemps, songea Abigail.

Tandis qu'ils continuaient leur repas, presque en silence, elle repensa au dîner qu'ils avaient partagé, dans le bar désert de l'hôtel. Ils avaient bavardé et ri, elle s'était sentie tellement à l'aise…

— Qu'est-ce qui ne va pas ? demanda soudain Luc.

— Je suis fatiguée, c'est tout. Je vais rentrer et aller me coucher.

Après avoir approuvé d'un hochement de tête, il régla

rapidement l'addition puis lui passa un bras autour des épaules et l'entraîna dans le pub presque vide.

Une fois dans la rue, il laissa retomber son bras et elle frissonna. En ce début de mars, la brise qui venait de la mer était très fraîche. En outre, elle se sentait soudain en proie à un sentiment de désolation. Qu'était-il arrivé aux deux êtres qui s'étaient rencontrés à Paris ? se demanda-t-elle.

Enfonçant les mains dans les poches de sa parka, elle baissa la tête pour affronter le vent. Lorsqu'ils arrivèrent devant le cottage où elle habitait, elle chercha sa clé dans son sac sans regarder Luc.

— J'attends que tu sois bien rentrée dans ton studio, puis je m'en vais.

Abigail sentit le rouge lui monter aux joues. Avait-il cru qu'elle désirait qu'il reste ?

Désirait-elle qu'il reste ? Une vague de désir déferla en elle à cette pensée.

— Et nous parlerons demain, ajouta-t-il.

— Parfait, dit-elle en insérant la clé dans la serrure d'un geste nerveux.

— Laisse-moi faire, dit Luc en posant la main sur la sienne.

— Je peux y arriver moi-même ! protesta-t-elle.

Mais il avait déjà déverrouillé et ouvert la porte. Elle se tourna vers lui. Il avait encore la main posée sur la poignée et la regardait avec des yeux étrangement brillants.

— Je ne sais pas si je vais réussir à affronter tout cela, chuchota-t-elle.

— Je suis là pour t'aider, assura-t-il doucement en tendant la main vers sa joue.

— Je ne parlais pas du côté pratique, dit-elle calmement. Mais de nous. Du fait qu'il n'y a plus de nous, qu'il n'y en a jamais vraiment eu.

Elle baissa la tête.

— C'est trop dur.

Luc resta silencieux et immobile un long moment.

— Je ferai tout ce que je pourrai pour te rendre les choses plus faciles, Abigail, dit-il en souriant tristement. C'est tout ce que je peux faire, malheureusement.

La gorge soudain affreusement nouée, elle hocha la tête. Certes, Luc l'aiderait et était prêt à aimer et à protéger son enfant. Mais elle, il ne l'aimerait jamais.

Hochant la tête en silence, elle se demanda quand et pourquoi leur rencontre avait tourné si mal.

9.

Evidemment, cela se produisit dans l'escalier, exactement comme Luc l'avait prédit. Après une longue nuit agitée, Abigail avait sauté le petit déjeuner afin d'arriver à l'heure chez Grace. Alors qu'elle descendait rapidement au rez-de-chaussée, sa parka sur le bras, elle se sentit soudain aspirée dans une sorte de vide obscur puis sombra dans un gouffre.

Quand elle revint à elle, elle ouvrit lentement les yeux et cligna plusieurs fois des paupières, tandis que le monde reprenait place autour d'elle. Elle se trouvait dans une chambre d'hôpital et Luc était assis à côté de son lit.

Une tension visible émanait de lui, constata-t-elle une fois qu'elle eut recouvré tous ses esprits. Penché en avant, les coudes posés sur ses cuisses, il affichait une expression lugubre.

— Eh bien, dit-elle d'une voix étrangement rauque, je ne suis pas si mal en point ?

Dès qu'elle avait commencé à parler, il avait vivement relevé la tête et, pendant un instant merveilleux, elle le vit perdre son contrôle habituel. Durant quelques secondes, Abigail eut l'impression que tout était possible, mais il reprit bientôt son air sombre, son visage se referma et il tendit la main vers elle pour la poser sur son front.

— Tu es restée inconsciente pendant plus d'une heure.

— Vraiment ? s'étonna-t-elle d'un ton incrédule.

— Oui. Je t'ai trouvée sans connaissance au bas de l'escalier. Tu as de la chance de ne t'être rien cassé !

— Et que la porte ait été ouverte, murmura Abigail.

— Oui. Et dis-moi : pourquoi l'était-elle ? L'as-tu laissée ouverte toute la nuit ? N'importe qui aurait pu…

— Il n'y a que soixante-quinze habitants dans le village, Luc, l'interrompit-elle.

Mais soudain, une crainte affreuse lui vint à l'esprit.

— Est-ce que je…, demanda-t-elle en posant la main sur son ventre. Est-ce que le bébé… ?

— Dès que tu es arrivée à l'hôpital, le médecin a vérifié que son cœur battait, répondit-il en lui tapotant brièvement la main. Apparemment, tout va bien, mais elle veut te faire passer une échographie pour vérifier.

Aussitôt, Abigail se sentit envahie par un immense soulagement. L'idée que son bébé aurait pu pâtir de sa chute l'horrifiait.

Quelques minutes plus tard, le médecin, une femme d'une trentaine d'années au visage souriant, entra dans la chambre.

— Vous avez eu peur, n'est-ce pas ? dit-elle en lui enduisant bientôt le ventre de gel. Nous avons fait un bilan sanguin et les résultats révèlent une légère anémie. Vous prenez bien vos vitamines ?

— Oui, tous les jours, répondit Abigail.

— Dans ce cas, vous allez prendre du fer en plus. Maintenant, voyons ce bébé.

Prenant la sonde, elle la promena plutôt vigoureusement sur le ventre d'Abigail. Lorsqu'une image floue apparut sur l'écran, Abigail retint un halètement à la vue de cette petite créature qui remuait bras et jambes, puis du cœur minuscule battant furieusement.

— Notre petit bonhomme semble en forme, dit le médecin.

— Vous pouvez voir que c'est un garçon ? s'écria Abigail.

— Non pas encore, répliqua la jeune femme en riant.

Mais si vous le désirez, je vous dirai quel est son sexe. D'abord, vérifions tout le reste. Vous auriez dû passer une échographie la semaine prochaine, n'est-ce pas ? Alors nous allons procéder avec un peu d'avance.

Abigail hocha la tête, puis écouta avec fascination les remarques du médecin qui examinait le bébé dans ses moindres détails. Tout était en place et se développait normalement, conclut-elle bientôt.

— C'est merveilleux, chuchota Abigail.

Puis elle regarda Luc. Comme envoûté, il fixait l'écran en silence.

— Je suis stupéfaite de voir que le bébé bouge autant, dit-elle, alors que je ne sens rien.

— Cela ne va pas tarder, ne vous en faites pas ! répliqua le médecin. Mais il y a un petit problème, ici.

En parlant, elle avait désigné un endroit précis sur l'écran et Abigail sentit sa respiration se bloquer. Elle n'aimait pas avoir un *problème*, qu'il soit petit ou non. Elle crispa les doigts sur le drap, avant de se détendre lorsque Luc posa sa main sur la sienne, chaude et rassurante.

— Vous avez un déplacement partiel du placenta, continua le médecin. C'est un phénomène assez fréquent, et cela veut dire qu'il n'est pas tout à fait placé normalement, mais avec un peu de chance, tout rentrera dans l'ordre avant le terme de votre grossesse. De toute façon, nous vérifierons tout cela dans un mois, lors de votre prochaine échographie. Alors, ne vous inquiétez surtout pas !

Néanmoins, Abigail se sentit devenir livide.

— Toutefois, il va falloir que vous restiez un peu plus tranquille, poursuivit le médecin. Vous ne dévalez plus les marches des escaliers, vous ne soulevez plus de choses lourdes et... plus de sexe.

Elle adressa un sourire d'excuses à Luc, puis regarda Abigail avec des yeux pétillants.

— Et maintenant, voulez-vous savoir si c'est un garçon ou une fille ?

Abigail tourna la tête vers Luc.

— Veux-tu le savoir ?

Il hésita un instant avant de répondre.

— Oui, dit-il d'un ton grave.

— Eh bien, c'est une fille ! annonça le médecin en souriant.

Une fille, songea Luc avec incrédulité en aidant Abigail à se lever. Il allait avoir une fille…

— Tu devrais manger quelque chose, dit-il en la prenant par le bras avant de sortir de la chambre.

Elle était beaucoup trop pâle. Lorsqu'il l'avait vue étendue sur le sol au bas de l'escalier, il avait vécu le pire moment de son existence. Enfin, non, le second pire moment, corrigea-t-il sombrement. Elle était immobile, telle une belle poupée inanimée, son visage délicat d'une pâleur de cire. Durant une seconde atroce, il avait cru qu'elle était morte et, à cet instant, avait eu l'impression que le monde s'était arrêté.

Puis elle avait poussé une faible plainte, ce qui l'avait fait sortir de sa torpeur. Repoussant ses craintes et ses souvenirs, il avait concentré toute son énergie pour la sauver, pour les protéger, elle et leur enfant.

Cette heure d'attente passée à l'hôpital avait été horriblement éprouvante. Rivé à la respiration d'Abigail, à ses paupières désespérément immobiles, il avait pensé ne pas survivre, si jamais…

Ensuite, lorsqu'elle avait ouvert les yeux, il avait eu l'impression que la vie renaissait en lui, précieuse, joyeuse. Mais en même temps, ce soudain regain d'espoir avait été douloureux, car il savait qu'il ne durerait pas. Néanmoins, il s'y était cramponné, de toutes ses forces.

— Nous nous arrêterons en chemin pour acheter les

médicaments prescrits par le médecin, dit-il en aidant Abigail à s'installer dans sa voiture. Ensuite, nous irons déjeuner.

— Il faut que j'aille chez Grace, murmura-t-elle.

— Tu vas devoir lui donner ta démission.

Elle s'appuya à l'appui-tête et ferma les yeux.

— Oui, je suppose. Mais s'il te plaît, ne brusque rien, Luc.

Il ne pouvait s'empêcher de désirer contrôler la situation, protéger Abigail, ce qu'il avait été incapable de faire avec Suzanne.

Mais elle avait raison, il fallait qu'il se calme. Abigail était une adulte responsable, parfaitement capable de prendre ses propres décisions et de gouverner sa vie. Elle le lui avait déjà prouvé. Cependant, il ne put s'empêcher de répliquer :

— D'accord, mais certaines décisions ne peuvent attendre.

— Oui, murmura-t-elle d'une voix endormie.

Soudain, Abigail se sentit incroyablement fatiguée. Elle se rendait compte qu'elle avait besoin de Luc, même si elle aurait préféré rester indépendante.

Lorsqu'ils arrivèrent au cottage, Luc l'aida à sortir du véhicule. Elle le laissa docilement lui prendre le bras pour monter l'escalier et l'installer au lit.

Puis il partit, après lui avoir murmuré qu'il allait revenir. Ensuite, elle dut s'endormir et, quand elle se réveilla, le soleil descendait déjà et la pièce était plongée dans la pénombre.

— Luc ? appela-t-elle en clignant des yeux.

— Je suis là.

Il alluma la lampe de chevet et Abigail lui sourit. C'était ridicule, mais elle était follement heureuse de le voir.

— Je suis allé te chercher de la soupe.

— Merci, murmura-t-elle. Je meurs de faim.

— C'est bon signe. Ne bouge pas, répliqua-t-il en se levant du fauteuil.

Quelques minutes plus tard, il revint avec un plateau. Elle découvrit alors un bol de soupe fumante, du pain frais et une tasse de thé, avec un peu de lait, juste comme elle l'aimait. Terriblement émue, elle sentit les larmes lui monter aux yeux et sa gorge se serrer. Il se montrait si attentionné avec elle. Mais elle ne devait pas oublier qu'il ne se préoccupait que de l'enfant, se rappela-t-elle aussitôt.

Repoussant ces pensées, Abigail réussit à lui sourire avant de prendre une cuillerée de soupe.

— Merci, dit-elle. C'est délicieux.

— C'est le pub qu'il faut remercier. Je ne sais hélas pas cuisiner.

— Moi non plus.

— Oui, je me souviens que tu avais dit que tu aimerais apprendre à faire la cuisine.

— Et je n'en ai pas encore eu le temps, répliqua-t-elle, touchée qu'il se souvienne de ce détail.

— Abigail, dit-il soudain d'une voix douce, nous devons parler sérieusement.

Les yeux fixés sur sa soupe, elle resta silencieuse.

— Tu ne peux pas continuer à mener cette existence, continua-t-il. Tu t'en rends compte, n'est-ce pas ?

— J'ai compris que je ne pouvais pas continuer à effectuer les livraisons pour Grace.

— Ni à vivre seule.

— Que dois-je faire, alors ? Rester allongée pendant les quatre mois restants ?

— Bien sûr que non. Mais tu dois te reposer et te détendre, sans te faire de souci pour quoi que ce soit.

— C'est très bien, dit Abigail avec un petit rire, mais je…

— Je veux que tu viennes en France avec moi, l'interrompit-il brusquement.

Elle se figea et laissa les mots pénétrer en elle.

— Je ne crois pas que ce soit une bonne idée, affirma-t-elle lentement en relevant les yeux vers lui.

— C'est la seule solution envisageable, répliqua-t-il d'un ton ferme. Je ne peux pas rester en Cornouailles, et rien ne te retient vraiment ici

— Et mon travail ? protesta vivement Abigail. Et Grace ?

— Tu dois cesser de travailler. Si Grace compte tant pour toi, elle pourra venir te voir en France. Mais, surtout, il faut que quelqu'un s'occupe de toi.

— Je ne suis pas invalide…

— Non, mais tu es anémique et exténuée, Abigail, et tu dois faire très attention à toi. Tu es enceinte, bon sang !

Il s'interrompit et, quand il reprit la parole, son ton était calme et mesuré.

— Je comprends que tu ne veuilles pas vivre avec moi et cela sera sans doute difficile pour moi aussi. Mais, pour le bien-être de l'enfant, je suis sûr que nous pouvons dépasser cette… difficulté.

A l'entendre, il suffisait de faire un effort, songea-t-elle avec un mélange de tristesse et d'amertume. Même si l'accompagner en France lui semblait une possibilité merveilleuse, elle savait que cela finirait par lui être insupportable. Vivre avec Luc, être si près de lui et en même temps si loin…

— Il y a forcément d'autres solutions, dit-elle fermement.

— Parfait. Envisageons ces solutions, s'il te plaît, fit-il en s'asseyant sur la chaise près du lit. Tu comptes aller t'installer chez ta mère ?

Abigail secoua énergiquement la tête. Sa mère était bien trop occupée et, de plus, à la pensée que celle-ci allait chercher à la persuader de reprendre sa carrière de pianiste, elle sentait sa peau se hérisser.

— Chez ton père, alors.

— Non. Et de toute façon, il est en tournée.

— En tournée ?

— Mon départ de la scène a été bénéfique pour lui aussi, dit-elle en souriant. Il s'est remis à jouer et a été repéré par un agent. En fait, c'est pour cela que je suis allée à Londres.

— Ça, c'est une bonne nouvelle.

— Oui.

— Tu pourrais toujours embaucher quelqu'un, reprit-il.

— Tu veux dire une infirmière? répliqua-t-elle en se raidissant. Je ne suis pas malade.

— Non, effectivement.

— Pourquoi fais-tu tout cela, Luc? murmura-t-elle en lissant le bord du drap. Tu m'as dit que tu n'avais rien à m'offrir. Alors pourquoi te soucies-tu autant de l'endroit où je vis, de ce que je fais?

Elle s'interrompit un instant avant de relever les yeux.

— Ou ne s'agit-il pas du tout de moi et fais-tu tout cela uniquement pour le bébé? demanda-t-elle douloureusement.

Après avoir tourné la tête vers la fenêtre, il resta silencieux pendant un long moment.

— J'ai commis de graves erreurs, finit-il par dire lentement, d'une voix sourde. Je ne veux pas recommencer.

— Parles-tu de... Parles-tu de ta femme?

— Suzanne, fit-il, d'une voix dénuée de toute émotion.

Ainsi, elle s'appelait Suzanne. L'épouse disparue devenait maintenant plus réelle, songea Abigail avec un pressentiment désagréable.

— Pourquoi ne veux-tu pas venir en France, Abigail? reprit-il doucement. Tu pourras te reposer là-bas. Je ferai tout pour que tu sois bien.

Ainsi, il ne voulait pas répondre à sa question et il ferait *tout* pour elle, sauf l'aimer. Pourrait-elle le supporter?

— Et que ferai-je en France? demanda-t-elle d'une voix irritée. Rester assise toute la journée?

Un demi-sourire se dessina sur ses lèvres bien dessinées.

— Tu pourrais apprendre à faire la cuisine.

Abigail laissa échapper un petit rire incrédule.

— Tu as probablement une gouvernante.

— Oui, mais elle s'occupe uniquement du linge et du ménage.

Elle se mit de nouveau à rire, cette fois plus franchement.

— Ainsi, tu veux m'embaucher comme cuisinière?

— Non, répondit-il d'un ton très sérieux. Je n'envisageais pas de te payer.

Cette fois, elle éclata carrément de rire et s'appuya contre les oreillers en fermant les yeux. Mais soudain, une vague de tristesse monta en elle. Il ne fallait surtout pas qu'elle tombe amoureuse de Luc.

— Accepte, Abigail, murmura-t-il. Je veux que tu viennes avec moi, que tu vives avec moi.

Lorsqu'elle rouvrit les yeux, il la contemplait avec un doux sourire aux lèvres. Elle aurait dû refuser, elle en était certaine. Il y avait d'autres solutions, il suffisait de prendre le temps de réfléchir calmement, sinon elle allait se retrouver sur un terrain très dangereux.

Elle devait absolument dire *non.*

— Oui, chuchota-t-elle.

10.

Ils partirent pour la France dès le jour suivant. Dès qu'Abigail eut accepté de l'accompagner, Luc avait organisé leur départ.

Il avait tout arrangé, trouvant quelqu'un pour la remplacer auprès de Grace ainsi qu'un nouveau locataire pour reprendre son studio. De son côté, Abigail avait à peine eu le temps de faire ses bagages et d'aller voir son amie.

— Vous êtes sûre d'avoir pris la bonne décision ? lui avait demandé celle-ci d'un ton inquiet.

— Je ne crois pas que j'aie tellement le choix, avait-elle répondu avec un faible sourire. Et Luc prendra soin de moi, je le sais.

— C'est lui le père, n'est-ce pas ? avait tranquillement repris Grace en baissant les yeux sur la pâte à pain qu'elle pétrissait. Il a loué Corner Cottage il y a quelques mois, juste au moment où vous avez dû tomber enceinte.

— Vous êtes perspicace, Grace.

— Le connaissiez-vous avant ?

Abigail avait hésité. Grace en savait si peu sur son passé. Elle n'ignorait pas qu'elle avait été pianiste, bien sûr, mais Abigail ne lui avait pas raconté les circonstances qui avaient entouré son départ. Ne connaissant pas ce milieu, Grace ne lui avait pas posé de questions.

— Oui. Un peu.

— Assez pour partir avec lui ? Pour lui faire confiance ?

— J'ai une confiance aveugle en Luc, avait-elle répondu spontanément.

Surprise, elle s'était rendu compte que c'était l'entière vérité. Même s'il ne l'aimait pas, il était sincère, attentionné, et fiable.

— Alors, mes meilleurs souhaits vous accompagnent, avait dit Grace avec un petit sourire triste. Mais vous allez me manquer, Abigail.

— Vous aussi, avait-elle répliqué en embrassant son amie avec chaleur. Je suis vraiment heureuse que Luc ait trouvé quelqu'un pour vous aider.

— Je préférerais que ce soit vous.

— Moi aussi, mais de toute façon, nous resterons en contact.

Cet après-midi-là, ils se dirigèrent vers un aéroport privé situé près d'Exeter, sous un ciel nuageux et maussade.

Quand Abigail entra dans le jet de Luc, elle regarda les fauteuils confortables en cuir beige, la table en merisier, les fleurs fraîches et le bar bien achalandé.

— Tu es *très* riche, n'est-ce pas ?

— Suffisamment, dit-il négligemment en ôtant sa veste.

Puis il s'assit et l'invita d'un geste à l'imiter. Elle s'installa dans le fauteuil situé de l'autre côté de l'allée.

— De quoi vis-tu ? demanda-t-elle, se rendant compte qu'elle ne s'était jamais posé la question auparavant.

— Je gère des biens.

— Quel genre de biens ?

— Les miens.

A cet instant, le steward s'approcha.

— Vous êtes prêt, monsieur le comte ? demanda-t-il.

— Oui. Merci, Jacques.

Abigail avait sursauté sur son siège.

— Monsieur le comte ? répéta-t-elle avec incrédulité. Tu es *comte* ?

— Cela ne signifie pas grand-chose, répondit-il en haussant négligemment les épaules.

— Mais, je croyais qu'après la Révolution française, tous les titres de noblesse avaient été abolis ?

— Oui, en effet, mais au fil du temps, plusieurs centaines d'entre eux ont été réinstaurés. Nous n'avons bien sûr aucun pouvoir, seulement un titre.

— Quels sont ton nom et ton titre, alors ?

— Luc Toussaint, comte de Gévaudan, dit-il après un instant, presque comme si ces mots lui répugnaient.

Comte de Gévaudan. On aurait dit que ce titre sortait d'un roman. Abigail se rendit compte à quel point elle le connaissait peu Luc et prit conscience qu'elle ne savait même pas où ils allaient. A Paris, Luc lui avait dit qu'il était originaire du Languedoc, mais elle n'en savait pas davantage.

L'avion commençait à rouler sur la piste à présent et elle se tourna vers le hublot. Quelques secondes plus tard, ils volaient dans le ciel, bien au-dessus des nuages, et le pur azur s'étendait à l'infini autour d'eux.

Quand Jacques revint leur proposer des boissons, Abigail accepta un jus d'orange et Luc demanda un café. Elle le sirota en silence tandis que Luc étalait des documents devant lui. Se rendant compte que cela l'irritait qu'il se plonge dans son travail, elle se demanda pourquoi. En effet, il avait des choses à faire, sa vie à vivre et elle n'avait pas du tout l'intention de l'en empêcher.

En fait, elle regrettait de ne rien avoir à faire elle-même. Durant un instant, elle eut envie de jouer du piano, de sentir les touches d'ivoire sous ses doigts, de laisser jaillir la musique. Refoulant son désir, elle s'appuya à l'appui-tête en fermant les yeux, mais en dépit de sa fatigue, elle était trop nerveuse pour somnoler.

Luc n'arrivait pas à se concentrer. Il ne parvenait même pas à lire les documents étalés sous ses yeux, mais se força délibérément à les regarder, pour laisser Abigail tranquille.

Elle avait accepté de partir avec lui, mais contre son gré, il l'avait compris. De son côté, il n'aurait pas dû lui demander de venir en France, surtout pas dans le Languedoc.

Le château était fermé depuis longtemps et il évitait cette région le plus possible. Pourtant, une sorte d'instinct l'avait poussé à emmener Abigail là-bas. Chez lui.

Mais que pouvait-il sortir de bon de cette relation ? La réponse était évidente : un enfant, innocent et pur. A cause de celui-ci, ou plutôt de *celle-ci*, corrigea-t-il, Abigail devait faire partie de sa vie, comme il devait faire partie de la sienne, même si cela devait les faire souffrir tous deux.

Levant les yeux un instant, il lui jeta un regard en biais. Son verre de jus d'orange pressé contre la joue, elle regardait par le hublot, d'un air distant et un peu triste, ses cheveux tombant en ondulations soyeuses sur son épaule et, signe évident d'anxiété, elle se mordillait la lèvre inférieure.

Un nouvel assaut de culpabilité s'empara de lui. Il était sans aucun doute la cause de cette anxiété. La première fois, il n'aurait jamais dû venir en Cornouailles la retrouver. Soudain, il se sentit las de se sentir coupable, d'essayer de se racheter de son passé.

Il n'y parviendrait jamais. Il aurait beau faire tout son possible pour prendre soin d'Abigail, il ne réparerait pas le mal qu'il avait fait à Suzanne.

Cependant, comme il l'avait dit à Abigail quelques mois plus tôt, il ne pouvait pas revenir en arrière. C'est pour cette raison, résolut-il avec force, qu'il n'échouerait pas une nouvelle fois. Il ne l'abandonnerait pas.

Une fois que l'avion eut atterri sur un aéroport privé, non loin d'Avignon, Luc fit transporter leurs bagages dans une luxueuse berline qui les attendait au bord de la piste.

Quand Abigail fut installée sur le siège du passager, il prit le volant et, quelques minutes plus tard, ils filaient sur une route étroite qui longeait le Rhône. Le ciel était d'un bleu immaculé, il faisait chaud et l'atmosphère embaumait le thym et la lavande. Abigail commença à se détendre et regarda les champs et les prairies qui s'étendaient de chaque côté du fleuve, en un magnifique camaïeu de verts.

— Combien de temps dure le trajet ? demanda-t-elle.

— Une petite demi-heure. Ma maison se trouve juste au sud de Pont-Saint-Esprit.

Puis ils roulèrent en silence. Ce qui était aussi bien, songea-t-elle, car elle avait envie de dormir et se sentait de plus en plus détendue dans ce siège confortable. Rapidement, Luc quitta la route et en prit une autre, encore plus étroite. Abigail émergea de sa somnolence et regarda avec intérêt par la vitre. A cet instant, ils passaient devant un haut mur de pierre où s'ouvrait un portail imposant en fer forgé ouvragé, au fronton duquel étaient inscrits les mots « Château Mirabeau », en un élégant lettrage.

Se tournant vers Luc pour lui demander ce qu'était ce château, elle remarqua son air sombre, ses mains crispées sur le volant et ses mâchoires serrées. Réfrénant sa curiosité, elle resta silencieuse et regarda devant elle.

Quelques minutes plus tard, il garait la voiture devant une grande bâtisse qui devait être une ancienne ferme.

— C'est une maison modeste, dit-il. Mais tu vas voir, elle est très confortable.

La gorge soudain serrée, elle hocha la tête en silence.

La maison était construite en pierres blondes, avec un toit de tuiles rouges et des volets peints en bleu vif. Abigail avait l'impression de n'avoir jamais vu de demeure aussi attrayante. Luc la conduisit vers la vieille porte à double vantail, puis l'ouvrit toute grande.

A l'intérieur, la ferme avait été restaurée de façon à offrir un vaste espace d'un seul tenant. Plusieurs sofas confortables y étaient disposés, ainsi que quelques fauteuils, installés devant une large cheminée en pierre.

Située à l'arrière, la cuisine semblait un endroit idéal pour préparer les repas, remarqua Abigail, avec ses placards en chêne clair et son sol recouvert de pavés luisant au soleil. Tout à coup, un gros chat chartreux surgit et vint se lover autour de ses chevilles en ronronnant.

Ravie, elle éclata de rire et se pencha pour le caresser derrière les oreilles.

— Tu n'es pas allergique ? demanda Luc.

— Non. Et j'ai toujours voulu avoir un chat. Comment s'appelle-t-il ? Ou elle ?

— Celle-ci ? Ce doit être Sophie.

— Il y en a un autre ? demanda-t-elle en soulevant le beau chat gris qui ronronna de plus belle. Je n'aurais jamais pensé que tu aimais les chats.

— Je ne les aime pas particulièrement, répliqua-t-il d'un ton bref. Ce sont des chats de ferme.

— Elle ne se comporte pas comme un chat de ferme, remarqua Abigail en riant.

Totalement abandonnée, Sophie lui offrait son ventre à caresser.

— Ils ont été un peu trop gâtés, répliqua Luc en s'avançant dans la pièce.

Brusquement consciente d'un froid soudain entre eux, Abigail reposa la chatte sur le sol. Par qui avaient-ils été trop gâtés ? Par sa femme ? Comment avait été leur mariage ? A quoi avait ressemblé Suzanne ?

— Où vais-je m'installer ? demanda-t-elle après un long silence.

— Il y a trois chambres à l'étage. Tu pourras choisir celle que tu préfères.

— Laquelle est la tienne ?

Aussitôt, elle se sentit rougir.

— Pour que je ne choisisse pas celle-là, s'empressa-t-elle d'ajouter.

— Habituellement, je dors dans la chambre qui donne à l'arrière, mais cela n'a pas d'importance.

— Tu ne vis pas ici ? Je veux dire, à t'entendre…

— Je vis ici quand je suis dans la région, fit-il en haussant les épaules. Mais la plupart du temps, je voyage pour mon travail.

— Pour gérer tes biens ?

— Oui.

— Bien, reprit-elle après quelques instants. Je vais aller jeter un coup d'œil en haut.

Abigail se dirigea vers l'escalier étroit qui se trouvait au fond de la cuisine. Après une légère hésitation, elle s'arrêta et se pencha pour reprendre Sophie dans ses bras. La grosse chatte lui tiendrait compagnie.

Une fois à l'étage, elle choisit la chambre la plus éloignée de celle de Luc. Il s'agissait d'une pièce agréable, avec un grand lit, une commode ancienne en acajou et un large fauteuil. De plus, elle offrait une vue superbe sur les champs de lavande qui ondulaient doucement sous le soleil printanier.

Abigail se sentait merveilleusement bien dans cette maison. Elle se sentait *chez elle*. C'était une pensée étrange, dérangeante et même absurde, mais elle le ressentait profondément dans sa chair, dans son cœur. Pourtant, Luc ne semblait guère prêt à partager sa vie avec elle.

Réprimant un soupir, elle contempla le haut des toits en ardoise qui devaient être ceux du château qu'elle avait aperçu en venant. Appartenait-il à Luc ? Il était comte et quand ils étaient passés devant les grilles, il avait semblé terriblement tendu. Avait-il vécu là avec sa femme ?

Quand elle redescendit au rez-de-chaussée, il triait d'un air très concentré le courrier sur la table de la cuisine et lui jeta à peine un coup d'œil lorsqu'elle arriva au bas des marches.

— Tu devrais te reposer cet après-midi, dit-il. Demain nous irons faire les courses à Pont-Saint-Esprit.

— Très bien.

Un peu désemparée, elle remonta l'escalier. Même si elle était fatiguée, elle n'avait pas envie de dormir. Elle aurait préféré explorer les lieux, parler, en apprendre plus sur lui…

Le reste de la journée passa lentement. Elle se reposa et, en fin d'après-midi, Luc prépara des pâtes accompagnées de sauce en boîte, qu'ils mangèrent dans la cuisine. Le soleil tombait lentement sur les montagnes alentour, projetant de longs rayons clairs sur les pavés.

— Il va vraiment falloir que j'apprenne à faire la cuisine, dit Abigail pour détendre l'atmosphère.

— Seulement si tu le désires, répliqua-t-il sans sourire.

Depuis qu'ils étaient arrivés en France, il s'était refermé complètement, songea-t-elle en l'aidant à faire la vaisselle. Disparu, le rire au fond de ses yeux. Les ténèbres qu'elle avait toujours senties sous son extérieur poli étaient revenues en force, l'enveloppant comme une ombre maléfique.

Dès qu'il le put, il se retira dans son bureau. Apparemment, son travail lui servait de refuge et de forteresse, songea-t-elle en le regardant quitter la cuisine.

Le lendemain, sous un ciel sans nuages, ils se rendirent en ville comme Luc l'avait annoncé.

— C'est le marché, aujourd'hui, dit-il, nous pourrons acheter toutes sortes de fruits et de légumes.

Puis il se tut et le trajet se déroula en silence. Si elle avait pu prévoir qu'il se retrancherait dans le mutisme, elle ne serait jamais venue en France, songea Abigail avec amertume. Cependant, elle savait bien qu'elle n'avait pas vraiment eu le choix.

Se tournant vers la vitre, elle aperçut bientôt le pont médiéval qui franchissait le Rhône et menait à la ville. Emue, elle contempla les arches qui enjambaient le fleuve avec majesté.

— C'est le plus vieux de tous les ponts du Rhône, fit brièvement Luc. Il a sept cents ans.

Quelques instants plus tard, ils parvinrent au centre-ville. Une fois la voiture garée, ils déambulèrent dans les rues pavées, bordées de petites boutiques colorées et des étals du marché.

Enchantée par ce spectacle pittoresque, Abigail regardait, émerveillée, les bouteilles d'huile d'olive de fabrication locale et artisanale, les plats de tapenade, les chapelets d'aulx et d'oignons... Le panier porté par Luc fut bientôt rempli à ras bord.

— Tu as l'intention de cuisiner tout cela ? fit-il en haussant les sourcils.

— Bien sûr ! Mais je crois que je vais avoir besoin d'un livre de recettes.

— Il y en a plusieurs à la ferme. Ils sont rédigés en français, évidemment, mais cela ne devrait pas te poser de problèmes ?

— Bien sûr que non, répondit-elle en se demandant si elle ne se surestimait pas un peu.

Mais lorsque Luc lui adressa un léger sourire, elle retrouva toute son assurance.

S'arrêtant devant un étal pour choisir du vin, elle déchiffra les étiquettes. « Château Mirabeau », lut-elle bientôt avec surprise sur l'une d'elles.

— Mais c'est la propriété qui se trouve à côté de la ferme, dit-elle spontanément.

— Oui, en effet, dit-il d'un air détaché.

A cet instant, Abigail remarqua la façon dont le marchand de vin regardait Luc. Il s'inclinait presque devant lui. Evidemment, il l'avait reconnu, songea-t-elle. Tout le monde devait le connaître et se demander ce qu'il faisait avec elle. Ils avaient sans doute connu son épouse.

Soudain, elle se rendit compte que d'autres personnes les observaient plus ou moins ouvertement et, aussitôt, toute sa joie disparut.

— On s'en va ? fit-elle en se tournant vers Luc.

— Tu n'as plus besoin de rien ?

— Non. Et je suis… un peu fatiguée.

Comme elle l'avait prévu, il l'entraîna aussitôt vers l'endroit où il avait garé la voiture. Quelques instants plus tard, elle s'installait sur son siège avec soulagement.

Il y avait tant de choses qu'elle ignorait, qu'elle ne comprenait pas. Elle regarda Luc. Il conduisait, les yeux fixés droit devant lui, les mains crispées sur le volant.

— Tout le monde te connaît, commença-t-elle.

Il haussa les épaules sans rien dire.

— Pourtant, insista-t-elle, tu m'avais dit que tu ne vivais pas vraiment ici.

Comme il restait toujours silencieux, elle se força à poursuivre.

— As-tu vécu ici autrefois ? Avec… Suzanne ?

— Oui.

— Comment est-elle morte ?

— Dans un accident de voiture, répondit-il en faisant un geste vague vers la gauche. Tout près d'ici, sur une portion de route parfaitement droite.

Sa voix était tendue, presque froide, et Abigail décida de ne pas le questionner davantage. Son attitude dissimulait sans doute un chagrin trop profond pour qu'il puisse en parler.

— Pourquoi me poses-tu ces questions, Abigail ? demanda-t-il soudain en se tournant brièvement vers elle.

— Parce que je voudrais savoir. J'ai *besoin* de savoir, Luc. Je connais si peu de choses de ton passé.

Le regard de nouveau rivé sur la route, il resta silencieux un long moment.

— C'est peut-être mieux ainsi, finit-il par laisser tomber.

Cet après-midi-là, pendant que Luc travaillait dans son bureau, Abigail se dirigea vers la cuisine. Après avoir ouvert un vieux livre de recettes aux pages jaunies par le temps, elle étala les provisions achetées au marché sur la table en chêne. Elle allait préparer le dîner.

« Radis chaud au foie salé », lut-elle. « Escargots au beurre d'orties ». Etait-ce là la fameuse cuisine française ? Après avoir tourné quelques pages, elle choisit un simple cassoulet. Non seulement elle avait tous les ingrédients nécessaires, mais en outre, la recette paraissait assez simple.

La pièce fut bientôt remplie d'arômes délicieux, l'origan, le thym se mêlant en un bouquet odorant. Il faisait si bon en cette fin d'après-midi, songea-t-elle en tournant une grande cuiller de bois dans le vaste faitout en fonte. Les rayons du soleil pénétraient par les fenêtres, diffusant une douce lumière dorée et Sophie entra bientôt dans la cuisine en miaulant.

— On ne réclame pas ! fit Abigail. Ce n'est pas poli.

Lorsque la chatte se frotta contre son mollet, Abigail lui donna en riant un petit morceau de viande. Tout semblait si parfait, se dit-elle en soupirant. La nourriture, le soleil, l'air parfumé et langoureux et même le chat. Cette maison représentait tout ce qu'elle aurait pu désirer et pourtant elle ne pouvait s'en réjouir, elle savait que cela ne durerait pas. Cette harmonie était fausse, Luc ne l'aimait pas et, apparemment, ne désirait même pas sa compagnie.

— Arrête, Abigail, se dit-elle à voix haute. Oublie cela !

— Qu'est-ce que tu dois oublier ?

Rougissant, Abigail leva les yeux et aperçut Luc, nonchalamment appuyé contre le chambranle de la porte.

— A qui parlais-tu ? Au chat ? reprit-il.

— Non, à moi-même, dit-elle en reposant le couvercle sur le faitout. C'est une vieille manie. Je n'ai pas toujours eu quelqu'un à qui parler.

— Excuse-moi. Après avoir été absent pendant plusieurs mois, j'ai du travail à rattraper.

— Si j'avais un endroit comme celui-ci, je n'en bougerais pas, répliqua-t-elle spontanément.

— C'est vrai ?

— Je voulais simplement dire que cette maison est très agréable, expliqua-t-elle un peu trop précipitamment.

— J'en suis heureux. C'est ce que j'espérais en t'amenant ici.

— Où étais-tu pendant ton absence ? demanda-t-elle en essuyant la table.

— Principalement à Paris.

Paris. Comment ce seul mot pouvait-il réveiller autant de souvenirs ? Ils se répandaient en elle comme du miel doux, mais avec une force qui la fit presque vaciller.

— Etais-tu descendu à l'hôtel ? ne put-elle s'empêcher de demander.

— Non. J'ai habité ailleurs.

— Tu possèdes un appartement, là-bas ?

— J'en avais un. Je l'ai vendu.

— Pourquoi ?

Il haussa les épaules en regardant le faitout.

— Cela sent délicieusement bon. Qu'est-ce que c'est ?

Une fois encore, il avait esquivé sa question, constata-t-elle en réprimant un soupir.

— Un cassoulet. J'ai décidé de ne pas essayer les escargots aux orties.

Le sourire qui se dessina sur les lèvres de Luc fit naître un tendre bouleversement au creux de son estomac.

— Nous aurions dû en prendre au marché. Ils sont très bons quand ils sont frais, même si tu penses le contraire.

— Je te fais confiance.

Soudain, une autre sensation se manifesta dans son ventre, plus forte cette fois.

— Oh…

— Abigail, qu'y a-t-il ? Tu te sens bien ?

— Oui, fit-elle en posant la main sur son ventre. C'est le bébé... Il, enfin *elle* a donné un coup de pied !

Abigail se mit à rire joyeusement.

— Encore ! Elle a recommencé.

— Je peux... ? demanda-t-il en s'approchant.

— Oui, oui !

Emportée par son excitation, elle lui prit la main et la pressa sur son ventre. Ils attendirent en silence que le bébé donne un nouveau coup de pied. Soudain, il bougea, juste sous la paume de Luc.

— C'est incroyable ! s'exclama-t-il en riant.

— Elle est vraiment là, répliqua Abigail en hochant la tête.

— Oui.

Il n'ôta pas sa main et leurs regards se croisèrent tandis qu'un silence chargé d'intimité s'installait entre eux.

Abigail aurait voulu que cet instant magique ne se termine jamais.

— Luc..., murmura-t-elle simplement.

Il ne dit rien et, durant un instant, elle savoura ce moment, même si elle savait combien il était fragile. Elle ferma les yeux et leva la main pour la poser sur celle de Luc, mais brusquement, il s'écarta et recula.

— J'ai quelques coups de téléphone à passer avant le dîner, annonça-t-il d'un ton abrupt.

Puis, sans attendre la réaction d'Abigail, il quitta la cuisine.

Luc se dirigea vers son bureau sans rien voir et, une fois en sécurité dans son refuge, posa les mains à plat sur son bureau en respirant profondément. Bon sang, il se sentait aussi épuisé qu'après un sprint...

L'émotion qu'il venait de partager avec Abigail lui donnait le vertige. Il sentait encore la sensation inouïe des légers coups de pied du bébé sous sa paume et cela mettait son âme à vif. Il s'était senti heureux, plein d'espoir, *vivant*.

C'était merveilleux et terrifiant. Il ferma les yeux en ordonnant à son cœur de se calmer. Il n'aimait pas la crainte qui remplaçait la joie qu'il venait de ressentir. Elle s'insinuait en lui, glaçant peu à peu tout son corps.

Lorsqu'on se laissait envahir par des émotions aussi fortes, on prenait le risque de tout perdre.

Durant quelques instants, il se retrouva sur cette portion de route fatale, revit la voiture encastrée dans un arbre, sentit de nouveau l'odeur du feu et de la mort, tandis qu'une sensation de vide et d'impuissance s'emparait de lui.

Il ne pouvait pas perdre Abigail. Pourtant, elle était venue là uniquement pour l'enfant, il ne devait pas l'oublier. Il devait garder ses distances, il ne fallait surtout pas qu'il la laisse prendre trop d'importance dans sa vie. Ni qu'il en prenne trop dans la sienne.

C'était trop effrayant, trop dangereux, pour tous les deux.

Il ne réapparut dans la cuisine qu'au moment où Abigail servait le cassoulet dans deux grandes assiettes en céramique ornées de motifs colorés.

— J'espère que tu as faim, dit-elle en se forçant à lui sourire. J'en ai préparé assez pour toute une armée !

Sans répondre, il s'assit et glissa un élégant téléphone noir vers elle. Abigail le prit machinalement avant de le serrer dans sa main.

— Je vais être très occupé dans les jours à venir, dit-il. Mais tu pourras me joindre en cas d'urgence, mon numéro est enregistré dans cet appareil.

— Je vois, répliqua-t-elle en contemplant le téléphone.

A quoi s'était-elle attendue ? A ce qu'il passe tout son temps avec elle ? Etait-elle vraiment aussi naïve ?

— Merci, dit-elle enfin en mettant l'appareil dans sa poche.

Ils dînèrent quasiment en silence et, aussitôt que le repas

De toute façon, quelqu'un y vivait probablement, songea-t-elle. Une star de cinéma recherchant la tranquillité ou un magnat de l'industrie, qui appellerait la police dès qu'il verrait quelqu'un s'aventurer dans sa propriété.

Pourtant, elle se sentit poussée par une curiosité inexplicable. Machinalement, elle secoua les grilles et, à sa grande surprise, le gros verrou rouillé tomba sur le sol. Les grilles s'ouvrirent alors lentement, en grinçant sur leurs gonds. Sans plus attendre, Abigail entra dans la propriété.

L'allée de graviers qui menait au château était envahie par les mauvaises herbes et des buissons bloquaient presque le passage par endroits.

Elle avançait presque sur la pointe des pieds, de crainte de déranger quelqu'un, même si, de toute évidence, personne ne vivait plus là. La propriété semblait en effet totalement négligée et abandonnée.

Tout à coup, au détour de l'allée, une vue stupéfiante du château tout entier s'offrit à ses yeux. La bâtisse était vraiment grandiose, avec ses hautes tours qui flanquaient deux longues rangées de fenêtres aux volets fermés. Abigail en compta vingt-six avant de s'arrêter.

S'approchant avec précaution, elle gravit les quelques marches en pierre usée qui menaient à la porte principale. Elle posa la main sur la poignée en bronze, chauffée par le soleil. Comme elle s'y attendait, elle ne tourna pas. Qui que soit le propriétaire de ce château, il n'allait pas le laisser ouvert à tout venant. Néanmoins, elle entreprit d'en faire le tour, dans l'espoir de trouver une autre porte, ou une fenêtre dont la vitre aurait été brisée.

A l'arrière, elle découvrit une vaste terrasse qui surplombait les jardins. Ceux-ci avaient gardé un peu de leur splendeur passée, en dépit de leur abandon, remarqua-t-elle. De gracieuses fontaines s'élevaient à plusieurs endroits, ornées de statues de danaïdes et de faunes. Mais elle ne trouva aucune porte, aucune fenêtre qui lui aurait permis de pénétrer à l'intérieur du château.

Entre les interstices d'un volet, elle ne put qu'apercevoir un salon dont les meubles étaient recouverts de housses blanches.

Pourquoi désirait-elle autant s'introduire dans cet édifice ? se demanda Abigail. Qu'espérait-elle y trouver ?

Déçue, fatiguée, elle revint sur ses pas et reprit bientôt la route poussiéreuse qui menait à la ferme.

Une fois rentrée, elle passa la plus grande partie de l'après-midi à dormir, ne se réveillant qu'au moment où elle entendit la porte d'entrée s'ouvrir et des pas résonner sur les pavés. Il était presque l'heure du dîner.

— Je suis désolée de ne rien avoir préparé pour le repas, s'excusa-t-elle en allant retrouver Luc au rez-de-chaussée.

Debout devant la cuisinière en fonte, il semblait plongé dans ses pensées. Il leva les yeux, et son regard, d'abord chaleureux et ouvert, retrouva vite son expression vide et sombre.

— Tu n'es pas ici pour faire la cuisine, dit-il simplement.

Abigail se dirigea vers le réfrigérateur et en sortit le reste du cassoulet. Cela devrait suffire pour le dîner.

— Je me demande bien pourquoi je suis ici.

— Pour te reposer et pour que notre enfant soit bien, répliqua Luc un peu sèchement.

« Et cela devrait me suffire, n'est-ce pas ? » se retint-elle de répliquer.

— Je suis allée jusqu'au château, dit-elle après un instant.

Aussitôt, une tension manifeste emplit la pièce.

— Ah bon ? fit-il d'un ton neutre.

— Oui, il est beau, même s'il semble un peu négligé. Apparemment, personne n'y habite.

— Je croyais que les grilles étaient verrouillées.

Elle haussa les épaules en se demandant comment il le savait.

— J'ai un peu exploré les lieux. La végétation a poussé partout.

— Probablement.

— Ce château appartient-il à ta famille ? reprit-elle tranquillement.

— Oui, répondit-il d'une voix tendue. Mais j'ai choisi de ne pas y vivre. La ferme me convient mieux.

— Sauf que tu n'y vis pas non plus.

— Je suis un homme très occupé, Abigail, répliqua-t-il en haussant les épaules.

Elle inspira à fond pour rassembler son courage.

— Visiblement *trop* occupé pour moi. Je ne peux m'empêcher de me demander si tu n'essaies pas de m'éviter.

Il se tourna lentement vers elle.

— Pourquoi chercherais-je à t'éviter ?

— Je n'en sais rien, Luc. Ce serait plutôt à toi de me le dire.

— Je n'ai pas l'intention de répondre à des questions pseudo-analytiques.

— Je ne me rendais pas compte que je me comportais en analyste, riposta-t-elle vivement. Mais après tout, je pourrais peut-être essayer. Pourquoi m'as-tu proposé de venir ici, Luc, si tu fuis ma compagnie ?

Ses narines frémirent tandis qu'il se raidissait visiblement.

— Je ne te fuis pas.

— Je croyais que tu voulais faire partie de la vie de notre enfant, poursuivit-elle, à défaut de la mienne. Mais je me rends compte que cet arrangement ne fonctionne ni pour toi ni pour moi.

— Abigail…

— Que veux-tu de moi ? reprit-elle d'une voix rauque. J'aurais préféré que tu me laisses tranquille, que tu restes complètement en dehors de ma vie, plutôt que de prendre toutes ces demi-mesures. Tu as voulu que je vienne en France mais, maintenant, tu m'ignores la plupart du temps !

— Excuse-moi, fit-il, le visage de plus en plus sombre. Je pensais t'avoir dit clairement ce que tu pouvais attendre de moi.

— C'est-à-dire rien ? répliqua Abigail d'un ton sarcastique.

Il ne répondit pas.

De toute façon, Luc avait raison, songea-t-elle. Il avait été clair. C'est elle qui était stupide de ne pas pouvoir s'empêcher de garder espoir.

— Peut-être est-ce la faute des hormones si je suis aussi émotive, dit-elle lentement.

Luc hocha la tête en silence. Apparemment, il ne voulait pas parler.

— Je vais ranger un peu mon bureau, murmura-t-il après quelques instants.

Une fois de plus, il alla se réfugier dans son sanctuaire, la laissant seule dans la cuisine.

Le jour suivant, il s'absenta de nouveau aussitôt après le petit déjeuner. Debout devant la fenêtre, Abigail regarda la voiture s'éloigner rapidement, sous le ciel d'un bleu éclatant.

Alors qu'à son arrivée elle avait trouvé la vieille ferme si accueillante, celle-ci lui donnait maintenant l'impression d'une prison. Repoussant la tristesse qui la gagnait, elle décida, comme la veille, d'aller se promener.

Tout en enfilant sa veste, elle se dirigea vers la porte avant de s'arrêter brusquement. Sur le rayon du haut d'une étagère accrochée au mur, à côté d'une patère de bois aux crochets en cuivre, elle venait d'apercevoir une grosse clé en fer, vieille et un peu rouillée. Abigail la prit et la tourna songeusement dans ses mains, avant de la glisser dans sa poche.

Une fois sur la route, elle se dirigea rapidement vers sa destination. Les grilles de la propriété étaient fermées, mais heureusement, le verrou, qu'elle avait replacé soigneusement la veille, était toujours ouvert. Quelques instants plus tard, elle s'avança d'un pas déterminé dans l'allée qui menait au château.

Le cœur battant, elle se retrouva bientôt devant la porte et sortit la clé de sa poche. Celle-ci s'insérait parfaitement dans la serrure, constata-t-elle en retenant son souffle. Après avoir résisté un peu, elle tourna et, du bout des doigts, Abigail poussa le lourd battant en chêne pour découvrir un vaste hall d'entrée.

Les rayons du soleil filtraient à travers les fentes des volets et, dans leur faisceau, des nuages de poussières minuscules semblaient palpiter. Dans le silence absolu qui l'entourait, elle entendit les battements de son cœur.

S'avançant parmi les meubles recouverts de housses blanches, elle pénétra bientôt dans l'un des grands salons qui donnaient sur l'entrée.

Après avoir délicatement soulevé une housse, elle découvrit une table dont le plateau en palissandre était marqueté de fins motifs en marbre. C'était une pièce de grande valeur, songea-t-elle. Le château tout entier devait recéler des merveilles. Pourquoi Luc n'y vivait-il pas ?

Elle continua son exploration, tout en se disant qu'elle ferait mieux de s'en aller. Elle n'avait aucun droit de se trouver là, de fureter ainsi, pourtant elle ne pouvait se résoudre à partir.

Quand elle parvint dans la dernière pièce du rez-de-chaussée, elle constata que les doubles-fenêtres donnaient sur la terrasse. Soudain, la forme familière qui se dessinait sous une grande housse attira son attention.

C'était un piano à queue.

Lentement, elle s'avança dans la pièce et, après avoir tendu la main, tira sur le tissu qui recouvrait l'instrument.

Le piano était très beau. Il s'agissait d'un Erard d'un modèle ancien et rare, qui appartenait probablement à la famille de Luc depuis une centaine d'années, voire davantage. Le meuble lui-même était une œuvre d'art, constata-t-elle en admirant les appliques en cuivre doré. Mais il devait être complètement désaccordé, se dit-elle en soulevant doucement le cylindre.

Puis elle immobilisa ses doigts au-dessus des touches. Elle n'avait pas joué *depuis un an*, alors qu'elle avait travaillé chaque jour, dès l'âge de cinq ans…

Après avoir inspiré profondément, elle posa les doigts sur les touches en ivoire et les notes résonnèrent étrangement dans le salon vide. Abigail laissa échapper un petit rire. Dès qu'elle avait commencé à jouer, quelque chose s'était détendu en elle. Lentement, sans même réfléchir à ce qu'elle faisait, elle s'assit sur le tabouret sans en ôter la housse et se mit à jouer l'*Appassionata*.

Lorsque Luc arriva devant les grilles du château, elles étaient ouvertes, le verrou rouillé pendant au bout de la chaîne. Le cœur battant lourdement dans sa poitrine, il gara sa voiture au début de l'allée. Depuis un an, il n'avait jamais jeté le moindre coup d'œil à la propriété, même de loin.

Dix minutes plus tôt, l'agence de sécurité l'avait appelé pour l'avertir que le système d'alarme avait détecté une présence à l'intérieur du château.

— Apparemment, il n'y a pas eu effraction, lui avait dit le directeur de la firme, mais nous voulions juste vérifier.

— Pas d'inquiétude, avait-il répliqué. Il ne s'agit pas d'un cambriolage.

Car il savait qui avait pénétré dans le château, qui avait trouvé la clé qu'il avait laissée à la ferme.

Abigail. Il s'avança rapidement dans l'allée, le gravier crissant sous ses pas, puis s'arrêta un instant au bas des marches. La porte était entrouverte. La dernière fois qu'il l'avait franchie, en sens inverse, il courait, fuyant la vérité atroce qu'il venait de découvrir dans les lettres de Suzanne.

« Je suis si malheureuse… Je n'avais jamais pensé que ma vie serait aussi triste… Je veux m'échapper… »

Et elle s'était échappée, de la façon la plus radicale qui soit.

Repoussant ses souvenirs, il franchit le seuil. Dans l'entrée, il regarda les poussières tournoyer dans les rayons du soleil. Cette demeure avait représenté sa fierté, sa joie et son obsession…

A présent, par sa faute, elle tombait pratiquement en ruine. Il avait en effet interdit à quiconque de venir au château, de veiller à son entretien. Sans doute pour se punir lui-même, songea-t-il lugubrement. Il avait tant aimé cet endroit. Cela lui faisait mal de le voir dans cet état.

Et quelque part dans ce mausolée, se trouvait Abigail. Il traversa le hall d'entrée puis l'enfilade de salons, mais elle n'y était pas.

Soudain, il entendit les notes de musique qui ruisselaient sous ses doigts. Abigail jouait l'*Appassionata*, sur un piano totalement désaccordé, certes, mais avec son merveilleux talent. Avec tout son cœur.

Comme dans un rêve, il se dirigea vers le salon de musique et s'arrêta sur le seuil, la poitrine affreusement serrée. Elle était au piano, un rayon de soleil filtrant à travers les volets illuminait ses cheveux. La tête légèrement penchée, elle semblait totalement absorbée dans son art.

Même au milieu de cette atmosphère décadente, il était heureux de la voir là. Elle semblait à sa place. Cependant, la musique de Beethoven faisait naître une souffrance atroce en lui, une tristesse insondable dont il ne prenait conscience que maintenant.

Abigail avait réussi à fissurer ses défenses, il ne pouvait plus le nier. A présent, il se trouvait en proie à un mélange de désir et de peur et, plus effrayant encore, à une émotion qui semblait dangereusement proche de l'amour.

Il fallait absolument qu'il se débarrasse du tumulte qui menaçait de le submerger, songea-t-il en s'avançant vers elle.

— Qu'est-ce que tu fais ici, bon sang ?

Abigail se figea puis, lentement, tourna la tête et vit Luc, les yeux étincelants de fureur.

— Je joue du piano, dit-elle après un long silence.

Il paraissait si furieux… Jamais elle ne l'avait vu aussi en colère. Elle se leva et s'écarta de l'instrument, les doigts vibrant encore de musique.

— Comment es-tu entrée ? demanda-t-il, se rapprochant d'elle.

— Tu avais laissé la clé sur l'étagère, près de la porte. Comment as-tu compris que j'étais ici ?

— Tu ne t'es pas doutée qu'une propriété pareille serait protégée ? Dès que tu as ouvert la porte, une alarme s'est déclenchée. Elle est reliée directement à une agence de sécurité et ils m'ont appelé pour vérifier que je ne l'avais pas déclenchée accidentellement.

— Mais je n'ai rien entendu, remarqua Abigail avec surprise.

— Bien sûr que non. Ce système est silencieux. Si je n'avais pas aussitôt appelé la police, ils seraient venus immédiatement.

Il avait l'air furieux, mais également effrayé, se dit-elle.

— Pourquoi les as-tu appelés ? Comment as-tu deviné que c'était moi ?

— Hier soir, tu m'as interrogé sur le château, je te connais suffisamment pour savoir que tu ne t'arrêterais pas là, répondit-il en souriant d'un air crispé. Et je ne m'étais pas trompé.

— J'étais curieuse, dit calmement Abigail. Il pourrait être si beau. Pourquoi est-il fermé ?

— Je te l'ai dit hier soir : je ne veux pas vivre ici.

L'air soudain désemparé, il regarda autour de lui. Malgré sa colère, il semblait si malheureux qu'Abigail dut faire un effort pour ne pas le prendre dans ses bras.

— As-tu vécu dans ce château ?

— J'y ai grandi.

Cette pièce était hantée par des fantômes, songea-t-elle en regardant les fauteuils ensevelis sous les housses.

— Ce piano est désaccordé, remarqua-t-il d'un ton neutre.

— Oui. Je n'avais jamais joué sur un instrument en aussi mauvais état.

— Jouer te manque ? demanda calmement Luc.

— La *musique* me manque. La joie qu'elle procure.

Elle se tourna vers lui.

— Et toi ?

— De quoi parles-tu ?

— De tout ceci, répondit-elle en faisant un geste désignant le château en général. Nous avons tous une vie derrière nous, Luc. Te manque-t-elle ? Est-ce pour cela que tu te fermes complètement, que tu n'en parles jamais ?

Il ne répondit pas et le silence s'installa entre eux, empli de non-dits, de regrets, de souvenirs.

— Non, elle ne me manque pas, répondit-il enfin, le regard distant. Je suppose que c'est cela que je regrette.

Il fallut quelques instants à Abigail pour comprendre le sens de ses paroles.

— Tu regrettes que ton ancienne vie ne te manque pas ?

— Si tu penses que je ne peux rien t'offrir parce que je suis en deuil de ma femme, Abigail, tu te trompes complètement, répondit-il d'un ton neutre.

Mais Abigail sentait le regret et la tristesse émaner de lui.

— Alors, pourquoi ? Pourquoi es-tu ainsi, Luc ? Qu'est-il arrivé qui t'a affecté autant ?

— Je croyais…

L'air sombre, il s'interrompit et secoua la tête. Puis, au bout de quelques instants, il se dirigea vers la double-fenêtre, l'ouvrit et en un geste adroit, déverrouilla les volets. Les rayons du soleil entrèrent à flot, éblouissant Abigail. La vue était magnifique. La terrasse menait à des jardins qui descendaient jusqu'au Rhône et, de l'autre côté du fleuve, elle aperçut une oliveraie et, encore plus loin, des vignes.

— J'aime cet endroit, dit-il d'une voix sourde. Je l'ai toujours aimé. Il fait partie de moi.

— Il appartient à ta famille depuis plusieurs générations ?

— Depuis quatre cents ans, répondit-il en hochant la tête.

Abigail fit un pas vers lui mais s'arrêta quand il ajouta :

— J'avais onze ans quand mon père est mort d'une crise cardiaque.

— Je suis désolée, murmura-t-elle.

— Il me manque, poursuivit-il d'une voix très calme. C'était un homme bon. Lorsque son décès est survenu, ses affaires n'étaient pas en ordre. Ma mère a fait de son mieux, mais à cause d'un régisseur corrompu et des trop nombreuses responsabilités qu'implique une telle propriété, tout s'est dégradé rapidement.

Il haussa légèrement les épaules.

— Je te raconte tout cela pour que tu puisses comprendre pourquoi je suis ainsi. C'est ce que tu voulais, n'est-ce pas ?

— Oui, dit-elle doucement.

— J'ai vu le château tomber peu à peu en décrépitude et tous nos biens péricliter. Si mon père avait été vivant, il aurait été désespéré. Mais évidemment, s'il avait encore été en vie, rien ne serait arrivé.

L'air soudain las, il soupira.

— A ce moment, je n'étais qu'un gamin. Quant à ma mère et mes sœurs, elles ne s'inquiétaient pas, du moment qu'elles avaient ce dont elles avaient besoin. Nous avons réussi à rester au château, mais je bouillais d'impatience, je voulais récupérer ce que nous avions perdu. Je ne me préoccupais que de cela. Enfin, je devrais sans doute dire que je ne m'autorisais pas à me préoccuper d'autre chose.

C'était là une remarque révélatrice, songea Abigail. Aujourd'hui encore, s'autorisait-il à se préoccuper d'autre chose que de la gestion de son patrimoine ?

— Quand j'ai eu dix-neuf ans, poursuivit-il, j'ai repris les rênes de la propriété, des vignes, de tous les biens des Toussaint. Bien sûr, à cette époque, il n'en restait pas grand-chose, mais j'ai consacré dix ans à reconstituer le patrimoine familial. C'était devenu une *obsession*. Je n'étais jamais satisfait.

Il se retourna vers elle, un sourire amer aux lèvres.

— Suzanne s'insérait dans ce programme. Elle venait d'une famille locale, appropriée, convenable. Je la connaissais depuis l'enfance et je pensais qu'elle serait l'épouse idéale.

Puis il se tut et demeura silencieux.

— Et ensuite ? fit Abigail.

— Elle l'a été, en théorie... Mais je ne savais pas... commença-t-il en secouant la tête. Je ne me rendais pas compte de ce que cela lui coûtait. Je croyais que nous étions heureux, ou du moins sereins. A vrai dire, je ne me posais même pas la question.

— Vous n'étiez pas heureux ? chuchota Abigail.

— Au début de notre mariage, Suzanne a fait une fausse couche. Elle n'était enceinte que de quelques semaines, mais cela l'a presque anéantie. Je ne me suis rendu compte de rien, elle le dissimulait si bien. Ou peut-être ai-je préféré ne rien voir.

Il se détourna.

— Cela m'avait attristé moi aussi, évidemment, continua-t-il. Mais je pensais que nous aurions d'autres enfants.

A ces mots, Abigail posa instinctivement la main sur son ventre, sur *l'autre enfant*. Celui de Luc, le sien à elle.

Il se tourna de nouveau vers elle avec un geste d'impuissance.

— Qu'est-ce que je peux dire pour excuser mon comportement ? Je me suis réfugié dans le travail et je l'ai abandonnée à son rôle de châtelaine. Elle le détestait, se sentait seule, dépassée…

Il s'interrompit un instant avant de poursuivre.

— Je ne savais même pas qu'elle prenait des antidépresseurs. Personne ne me l'avait dit. J'étais complètement aveugle, *volontairement* aveugle, trop enfoui dans le royaume que j'essayais de reconstruire, et pour quoi ?

Les mains enfoncées dans les poches de son pantalon, il semblait en proie à une tension extrême.

— Apparemment, elle essayait de cacher son mal-être, dit doucement Abigail. Ce n'est pas ta faute.

— Comment peux-tu dire cela ? Suzanne était ma femme, quand nous nous sommes mariés, elle n'avait que vingt-deux ans. Elle était sous ma responsabilité, j'aurais dû être capable de voir ! Je ne me rendais même pas compte qu'elle savait…

— Qu'elle savait quoi ?

Il secoua la tête avec impatience.

— Que je ne l'aimais pas, lança-t-il brutalement. J'éprouvais de l'affection pour elle, bien sûr, mais elle avait besoin d'être *aimée* et je ne pouvais lui offrir cela. Parfois, je me demande si c'est pour cela que…

Il se tut et serra les lèvres.

Abigail attendit, sachant que les mots viendraient quand il serait prêt à les prononcer.

— … si c'est pour cela qu'elle a eu cet accident de voiture, reprit-il lentement. Je ne sais pas où elle allait, elle ne prenait jamais la voiture. La route était toute droite et, pourtant, elle a braqué vers cet arbre.

Il se tut de nouveau, le visage fermé et dur.

— Tu penses qu'elle l'a fait exprès ? fit-elle calmement.

— On a conclu à un accident, mais qui sait ? Qui sait vraiment ?

Ne pas savoir devait être le pire, songea-t-elle avec compassion. Pourtant, à regarder Luc, en proie à la culpabilité et à la douleur, elle comprit qu'il se sentait responsable de la douleur de Suzanne et de sa mort.

— On ne peut pas être responsable de la vie de quelqu'un d'autre, Luc, dit-elle doucement, ni de sa tristesse ou de son bonheur. Même si tu as été aveugle envers ce que ressentait Suzanne, on n'est responsable que de ses propres actes, pas de ceux des autres.

Instinctivement, il approuva d'un hochement de tête.

— Tu sais, reprit-elle, c'est une chose dont je me suis rendu compte récemment. Je vivais ma vie pour mon père, parce que son rêve était d'être pianiste professionnel, mais ce n'était pas le mien. Je l'ai fait pour lui faire plaisir, pour faire plaisir à tout le monde et, dans le processus, je me suis perdue moi-même. J'ai perdu la vraie joie de la musique.

Même à présent, cet aveu lui était douloureux, songea-t-elle en regardant le piano.

— Mais tu joues si bien.

— Et j'aime jouer, approuva-t-elle, mais peut-être pas dans une salle de concert ni au détriment de tout le reste. Et puis, je ne peux pas rendre mon père heureux en jouant à sa place. Je crois qu'il en a pris conscience et maintenant, nous vivons enfin chacun notre vie.

Elle essaya de sourire, mais elle se sentait en proie à une telle souffrance qu'elle échoua et cligna des yeux pour refouler ses larmes.

— Pourquoi ne me détestes-tu pas ? demanda-t-il d'une voix sourde en faisant un pas vers elle.

— Te détester ? Pourquoi te détesterais-je ? Comment pourrais-je te détester ?

— Après tout ce que je viens de dire, après tout ce que j'ai fait. Je t'ai quittée, Abigail, parce que j'avais peur, que j'étais égoïste. Cette nuit-là, je désirais rester avec toi plus que tout, me réveiller avec toi au petit matin. Chaque matin.

— Pourquoi ? chuchota-t-elle. Pourquoi es-tu parti, alors ?

— Ce jour-là..., commença-t-il, les traits tendus par la

souffrance. Cet après-midi-là, je triais des papiers, ici. J'ai alors trouvé des lettres de Suzanne, écrites à elle-même, une sorte de journal où elle exprimait sa tristesse. J'ai lu ces mots où elle exprimait qu'elle s'était rendu compte que je ne l'aimerais jamais comme elle en avait besoin.

Il secoua la tête en fermant brièvement les yeux.

— Et des tas d'autres choses sur ce qu'elle ressentait. Elle détestait sa vie, écrivait qu'elle voulait s'en échapper, *pour toujours*, juste deux semaines avant sa mort.

— Je suis désolée, murmura Abigail, tout en sachant à quel point ces mots étaient dérisoires.

— Ensuite, j'ai quitté le château et je suis allé directement à Paris. J'étais comme anesthésié, en état de choc. Je n'avais jamais soupçonné qu'elle vivait une telle souffrance, ni que c'était ma faute.

— Mais ce n'était *pas* ta faute, Luc, fit-elle en retenant ses larmes avec de plus en plus de difficulté.

L'air égaré, il ne l'écoutait pas.

— J'ai fait fermer le château ce jour-là, continua-t-il. Je ne voulais plus vivre ici, je ne *pouvais* pas. Et je n'y étais jamais revenu… jusqu'à aujourd'hui.

Il s'avança encore et leva la main vers son visage, avant de la laisser retomber.

— Je suis allé au concert parce que j'avais besoin d'oublier. D'échapper à mes pensées. Et quand je t'ai vue… j'ai ressenti de l'espoir. Je me suis senti redevenir vivant rien qu'à te regarder, puis à parler avec toi. Et dans cette chambre, je… je ne pouvais pas rester. Je ne voulais pas t'entraîner dans mes problèmes, ma souffrance. Alors, je suis parti.

Il la regarda dans les yeux, d'un air à la fois déterminé et suppliant.

— Et je regrette tellement de t'avoir fait mal.

Abigail resta silencieuse un instant, essayant d'apaiser

le tourbillon que les révélations de Luc avaient provoqué dans son esprit.

— Et maintenant ? dit-elle en retenant son souffle.

— Je ne sais pas. Je pensais que je ne me remarierais jamais, que j'étais incapable d'aimer une femme. J'ai été si lamentable avec Suzanne. Je ne veux plus jamais faire souffrir personne ainsi.

— Et tu comptes te fermer à tout, à tout le monde, pour le reste de ta vie ? fit-elle d'une voix rauque de désir et de crainte. Tu refuses toute nouvelle chance ?

— Je pensais que ce n'était même pas possible, avoua-t-il. J'étais devenu si insensible, si vide. Comme s'il n'y avait plus rien en moi. Puis, je t'ai rencontrée.

Cette fois, il tendit la main et lui effleura la joue. Emue et tremblante d'espoir, Abigail ferma les yeux.

— Et soudain j'ai *senti*. J'ai senti tant de choses, merveilleuses, terrifiantes. Maintenant, je ne suis plus sûr de rien.

A ces mots, elle rouvrit les yeux et lui sourit, avant de l'attirer contre elle. Puis, enfouissant ses doigts dans ses cheveux, elle se haussa sur la pointe des pieds et déposa un léger baiser sur ses lèvres.

Elle sentit l'hésitation de Luc, sentit qu'il désirait l'embrasser mais qu'en même temps, il résistait. Mais elle ne le laisserait pas se dérober. Elle approfondit le baiser, le serrant encore plus contre elle, tout en s'appuyant contre le piano. Aussitôt, un son à la fois joyeux et discordant résonna dans l'atmosphère.

La résistance de Luc fondit alors complètement et il répondit à son baiser.

Leurs langues se mêlèrent, dans une sorte de danse à la fois douce et passionnée. Abigail sentit alors qu'ils communiquaient, qu'ils s'offraient l'un à l'autre, avec tout leur cœur, toute leur âme.

A cet instant, ils ne faisaient plus qu'un.

12.

A partir de ce moment-là, beaucoup de choses changèrent. L'atmosphère tendue qui régnait sur la ferme disparut et le printemps s'achemina doucement vers un été lumineux et doré.

Ils ne parlaient pas de l'avenir, mais Abigail décida de ne pas s'en inquiéter. Ces moments passés à rire, à manger ensemble, à s'aimer, n'étaient-ils pas suffisants ? Car c'était bien d'amour qu'il s'agissait… Luc n'avait jamais prononcé ces mots, mais Abigail le sentait. Quelque chose de décisif s'était déroulé ce jour-là, au château, même si celui-ci restait fermé. Pour l'instant…

Elle passait maintenant la plupart de ses journées à apprendre à cuisiner, s'enhardissant à essayer des recettes de plus en plus compliquées. Régulièrement, en compagnie de Luc, elle allait explorer les marchés avoisinants, achetant toutes sortes de fruits et de légumes, de grosses gousses d'ail, du basilic odorant, de l'huile d'olive et du vinaigre balsamique.

Toutes ses tentatives culinaires n'étaient pas réussies, mais Luc goûtait à tout avec bonne volonté.

Quand les soirées devinrent plus chaudes, ils se mirent à dîner sur la petite terrasse située à l'arrière de la ferme. Au loin, les deux tours sombres du château Mirabeau se profilaient à travers les frondaisons. De toute façon, la propriété demeurait sans cesse présente à l'esprit d'Abigail.

Elle se demandait notamment comment Luc pourrait bien avancer dans sa vie, tant que le château resterait fermé et vide. En effet, même si les ombres et les fantômes du passé avaient été bannis, ils n'avaient pas complètement disparu. La nuit, ils venaient hanter son esprit, quand elle était étendue dans son lit, seule, tourmentée par le manque de Luc, de son corps chaud et solide.

En effet, ils avaient beau passer toutes leurs soirées ensemble, à dîner et à bavarder, Luc restait distant alors qu'elle mourait d'envie de sentir de nouveau ses lèvres sur les siennes, sur sa peau.

Mais même encore maintenant, elle redoutait son rejet. Le lien émotionnel qui les unissait était fragile et ténu et elle ne se sentait pas encore prête à en tester la nouvelle force.

Un mois s'était écoulé depuis l'épisode du château lorsque Luc lui dit un matin, au cours du petit déjeuner :

— Puisque nous devons aller à Paris après-demain, pour ton échographie, nous pourrions peut-être y passer le week-end ?

Il avait parlé d'un ton léger, mais Abigail avait senti de la tension dans sa voix.

— Tu as besoin de vêtements de grossesse, n'est-ce pas ? reprit-il.

— Des vêtements de grossesse ? répéta-t-elle avec une petite moue.

— Bien sûr. De nos jours, même les femmes enceintes peuvent être élégantes, tu ne crois pas ?

— Oui, probablement.

A vrai dire, le temps où elle se préoccupait de sa garde-robe lui semblait si lointain… Cependant, la perspective d'aller acheter de nouvelles tenues ne lui déplaisait pas, et surtout, l'idée d'aller à Paris avec Luc l'enchantait. Ils allaient se retrouver là où tout avait commencé. Les choses se passeraient-elles différemment, cette fois ?

Lorsqu'ils atterrirent à Paris, le ciel était sans nuages et il faisait chaud comme en plein été, alors que le mois d'avril venait à peine de s'achever.

Après s'être installés à bord de la voiture qu'avait louée Luc, ils se dirigèrent vers le cabinet d'échographie. Trois quarts d'heure plus tard, Abigail était allongée sur une table d'examen, tandis que le médecin promenait la sonde sur son ventre enduit de gel.

Lorsque l'image de son bébé emplit l'écran, elle sourit et se tourna vers Luc. Il souriait lui aussi.

— Ce petit être semble très actif, dit le médecin en souriant à son tour. Et apparemment, votre placenta praevia n'est plus que de l'histoire ancienne. Regardons tout cela d'un peu plus près…

Abigail retint son souffle tandis qu'il appuyait un peu plus sur son ventre.

— Oui, il a complètement disparu, confirma-t-il un instant plus tard. Félicitations. Vous pouvez reprendre toutes vos activités normales.

Il adressa un clin d'œil teinté d'humour à Luc.

— Je suis sûr que vous en êtes ravi.

Luc resta silencieux, mais Abigail sentit un courant tiède fuser dans ses veines. Le médecin faisait allusion au sexe. A présent, Luc n'avait plus de raison de garder ses distances.

Tu te fais des illusions, se moqua une petite voix intérieure. Si tu es en France avec Luc, c'est uniquement à cause du bébé. Il n'a jamais parlé d'autre chose et tu as bien trop peur pour lui poser la question.

Se sentant soudain très lasse, elle ferma les yeux et sentit la main de Luc se poser sur son bras, chaude et rassurante.

— Abigail, tu te sens bien ?

— Oui, dit-elle en rouvrant les paupières.

Il avait l'air si inquiet…

— Je suis soulagée, reprit-elle en souriant, c'est tout.

— Moi aussi. C'est une très bonne nouvelle.

Après avoir quitté le cabinet médical, ils allèrent déjeuner dans un restaurant très chic, avant de se diriger vers les Champs-Elysées pour y faire le shopping promis. Luc l'entraîna dans une luxueuse boutique spécialisée pour les futures mamans.

Dès qu'elle entra dans le magasin, une vendeuse élégante vint s'occuper d'elle. Abigail se trouva bientôt installée sur une banquette recouverte de satin rose, très confortable, tandis que des mannequins défilaient devant elle pour lui présenter les derniers modèles de la collection : robes portefeuille, tuniques aux formes fluides, pantalons et jupes confortables.

Après avoir choisi plusieurs vêtements, elle les essaya en appréciant le choix des tissus.

— Ils sont vraiment somptueux, reconnut-elle.

— Ils sont somptueux *sur toi*, répliqua Luc en souriant.

Puis il lui désigna ceux qu'elle avait déjà essayés.

— Nous prenons tout.

— Tout ? Mais je n'ai pas besoin…

— Il ne s'agit pas de besoin, l'interrompit-il tandis que la vendeuse commençait à plier les vêtements. Il s'agit de plaisir.

Puis il jeta un coup d'œil à sa montre.

— Je vais faire porter les paquets à l'hôtel. Nous allons nous y rendre nous aussi, comme cela, tu pourras te reposer un peu avant le dîner. Au fait, j'ai réservé au Cinq.

— C'est vrai ?

Abigail sentit un frisson délicieux lui parcourir le dos. Il était si beau quand il souriait ainsi, ses yeux prenaient une teinte merveilleuse, semblable à celle du ciel du midi.

— Bien sûr. Si tu veux, tu pourras mettre l'une de tes nouvelles tenues.

Quelques minutes plus tard, la voiture se faufilait dans la circulation dense et Luc se gara bientôt devant le George V.

Un groom en livrée leur ouvrit la porte et elle pénétra au côté de Luc dans le hall étincelant.

Il avait réservé l'une des deux suites royales, et lorsque Abigail entra dans l'immense salon, avec son mobilier luxueux et son sol recouvert de marbre, elle se rappela soudain la dernière fois qu'elle s'était trouvée dans un hôtel de ce standing, pas très loin d'ici. Elle était alors si jeune, si naïve…

A présent, elle était différente. Plus âgée, plus mûre, plus sûre d'elle. Pourtant, elle continuait à éprouver de la crainte. Comme autrefois, elle ne savait pas ce qui se passerait ce soir-là.

Quand elle se retourna vers Luc qui se tenait sur le seuil, un sourire énigmatique aux lèvres, elle fut traversée par l'espoir vivace que cette nuit allait être différente, qu'elle réparerait la souffrance de la première nuit et permettrait que s'accomplisse enfin ce qui n'avait pas pu s'épanouir.

En fin d'après-midi, après avoir fait la sieste, Abigail se regarda dans le miroir du dressing de la suite royale et caressa la soie gris argenté de la robe qu'elle venait de revêtir. Elle se sentait belle, sensuelle. Dos nu et drapée sur le ventre, la robe mettait en valeur ses formes épanouies. Elle laissa ses cheveux retomber souplement sur ses épaules et sourit à son reflet avant de regagner le salon.

Luc se tenait debout au milieu de la pièce, magnifique dans un costume en lin gris foncé, qui faisait ressortir ses larges épaules et ses hanches étroites. Les yeux étincelants, il lui sourit et laissa son regard errer sur sa silhouette.

— Tu es éblouissante, dit-il avec une sincérité qui émut Abigail.

— Toi aussi, tu es superbe.

Ils se regardèrent longuement en souriant, jusqu'à ce qu'Abigail affirme en riant :

— Et je meurs de faim.

— Vos désirs sont des ordres, madame, répliqua Luc en s'inclinant brièvement.

Puis il lui passa un bras autour des épaules et l'attira contre lui avant de l'entraîner hors de la suite. Quelques instants plus tard, ils entrèrent dans le restaurant réputé de l'hôtel, Le Cinq, où étincelaient d'énormes lustres en cristal.

Un serveur en smoking s'inclina devant eux avant de les conduire à une table située au fond de la salle luxueuse.

Tout en bavardant, elle étudia le menu avec Luc. Ils choisirent du caviar de saumon et de la truffe noire, suivis d'une selle d'agneau accompagnée d'asperges tendres.

Tous ces mets se révélèrent absolument délicieux, mais Abigail remarquait à peine ce qu'elle mangeait. Elle était trop consciente de la présence de Luc, de ses yeux posés avec chaleur sur elle, de son sourire, et elle ne pouvait empêcher son cœur de frémir de joie et d'espoir.

Après le dessert, ils se levèrent ensemble de table. Le restaurant était presque vide, à présent, et seuls quelques couples achevaient de dîner aux chandelles, comme ils venaient de le faire eux-mêmes.

Lorsque Luc lui prit la main pour la conduire vers les ascenseurs, Abigail sentit un tressaillement au plus profond de son corps.

Dans la suite, les lampes diffusaient une douce lumière tamisée et une corbeille de fruits frais et de chocolats fins les attendait dans le hall d'entrée.

— Je vais aller me changer, dit-elle d'une voix légèrement tremblante.

— Tu es si belle. Cette robe est-elle confortable ?

— Oui, mais j'ai mal aux pieds.

— Nous allons remédier à cela, répliqua-t-il en la faisant s'asseoir.

Puis il s'agenouilla devant elle et quand il lui ôta délicatement ses escarpins, elle laissa échapper un soupir à la fois soulagé et ravi. Lentement, il commença ensuite à lui masser les pieds et elle appuya la nuque contre le sofa, en gémissant presque de plaisir tant ses doigts habiles lui faisaient du bien.

— C'est vraiment très agréable, murmura-t-elle.

Non seulement la sensation était merveilleuse, mais elle sentit des lames de feu incandescentes naître et se propager en elle lorsque les mains de Luc remontèrent lentement sur ses jambes en glissant sur la soie, avant de s'arrêter sur ses hanches. Son geste lui parut le plus naturel et le plus juste du monde. Se rapprochant d'elle, il appuya la joue contre son ventre.

A cet instant, le bébé donna un petit coup de pied et ils éclatèrent de rire ensemble.

— Eh bien, dit Luc en se frottant la joue. Elle a de l'énergie, dis donc !

— Elle sait ce qu'elle veut, approuva Abigail.

Elle glissa les doigts dans ses cheveux et lui caressa la tête jusqu'à ce qu'il lève les yeux.

— Abigail…, murmura-t-il doucement.

— Oui…

Sans plus attendre, il laissa ses mains monter jusqu'à ses épaules et la serra dans ses bras avant de prendre sa bouche avec passion, sans plus aucune hésitation.

Leurs bouches se dévorèrent avec avidité pendant un long et merveilleux moment, puis il s'écarta d'elle.

— Je ne veux pas te faire mal, dit-il.

— Tu ne me feras pas mal, chuchota-t-elle.

Sans dire un mot, il se releva et la prit dans ses bras pour l'emporter dans la chambre où une lampe diffusait une lumière chaude et douce.

La tenant toujours serrée contre lui, il reprit ses lèvres avec impatience. Abigail répondit à son baiser avec la même ardeur et, quand il la reposa sur le sol quelques instants plus tard, elle se débarrassa rapidement de sa robe. Luc se déshabilla lui aussi et, quand ils furent nus tous les deux, il la conduisit vers l'immense lit qui avait été préparé en leur absence.

Abigail s'allongea sur les draps délicieusement frais. Toute crainte et toute appréhension l'avaient maintenant quittée et elle se sentait prête à s'abandonner à l'instant présent, espérant qu'il durerait toujours.

Tenant Abigail serrée contre lui, Luc la sentit sombrer peu à peu dans le sommeil.

Ce bonheur ne durerait pas. C'était impossible.

Il s'efforça de repousser les souvenirs, les craintes qui affluaient dans sa conscience. Il n'avait jamais espéré ressentir cette sorte d'amour, si profond, si intense qu'il faisait partie de lui-même, l'emplissait tout entier. Désormais, il ne pouvait imaginer sa vie sans Abigail.

Mais que se passerait-il s'il se retrouvait obligé de vivre sans elle ? S'il échouait, comme il l'avait fait avec Suzanne ? Si ce bonheur, cet amour n'étaient qu'un mirage ?

D'instinct, il serra Abigail dans ses bras et elle gémit doucement dans son sommeil. Il se força alors à se détendre, à se vider l'esprit.

Peut-être s'inquiétait-il à tort. Peut-être pourraient-ils être heureux ensemble, et se réveiller jour après jour, matin après matin, dans ce même bonheur partagé.

Peut-être que cette fois, rien ne tournerait mal, songea-t-il en fermant les yeux. Peut-être que rien ne viendrait ternir la perfection, la pureté de leur amour.

Lorsque Abigail se réveilla, le soleil inondait la chambre et quelqu'un frappait à la porte. Jetant un coup d'œil au réveil, elle vit qu'il était presque midi et se raidit.

Remontant le drap sur sa poitrine, elle regarda autour

d'elle avec une anxiété grandissante. Elle était seule dans le grand lit.

Où était Luc ?

A cet instant, elle entendit la voix de la femme de chambre qui provenait du salon.

Abigail ferma les yeux. Allait-elle revivre le même cauchemar ?

A cet instant, une voix grave résonna à son tour et, après quelques échanges de paroles, Abigail entendit la porte de la suite se refermer.

Luc entra alors dans la chambre, les cheveux encore humides, sa chemise à moitié boutonnée. Il était si beau, songea-t-elle avec un frisson délicieux.

Il s'arrêta à l'entrée de la pièce, souriant, et Abigail sentit alors une joie immense l'envahir. A cet instant, elle comprit que ce qu'ils vivaient n'était que le commencement de leur amour.

13.

Cette atmosphère idyllique dura deux merveilleuses semaines baignées de soleil.

Ils ne s'éloignèrent pas souvent de la ferme, passant leurs journées à lire, à se détendre, à cuisiner et à faire l'amour. A présent, Abigail avait acquis un hâle doré et son ventre devenait de plus en plus rond et ferme.

Ils réfléchissaient au prénom de leur fille, s'arrêtant sur Charlotte ou Emilie, mais ne parlaient pas vraiment de l'avenir. Elle s'efforçait de ne pas s'en inquiéter, de ne pas avoir peur.

Néanmoins, elle sentait que quelque chose retenait Luc. Parfois, alors qu'ils bavardaient tranquillement, il se taisait soudain et une ombre s'installait au fond de ses yeux.

Elle aurait voulu lui demander ce qu'il redoutait, mais devinait qu'il n'était pas prêt à lui répondre. Quand ils s'installaient sur la terrasse en fin d'après-midi, elle devait faire un effort terrible pour ne pas lui demander pourquoi il ne parlait jamais d'avenir.

— Je vais à Paris, dit Luc un matin, alors qu'ils prenaient leur petit déjeuner.

Elle s'immobilisa, son deuxième croissant à la main.

— Ah bon ? Tu as un rendez-vous d'affaires là-bas ?

— Oui, répondit-il brièvement. Mais je serai de retour ce soir et tu as mon numéro de mobile.

— Oui.

Abigail reposa son croissant dans son assiette. Subitement, elle n'avait plus faim. Luc ne lui proposa pas de l'accompagner et elle ne put se résoudre à le lui demander, par crainte d'un refus. Cependant, elle devait reconnaître qu'elle n'avait pas vraiment envie d'aller à Paris. Enceinte de presque huit mois, elle se sentait lourde et fatiguée et, finalement, serait bien mieux à la ferme.

Néanmoins, lorsqu'elle regarda la voiture s'éloigner dans l'allée un peu plus tard, elle sentit un vide affreux l'envahir.

C'était ridicule, se dit-elle en faisant les cent pas dans la maison. Elle avait des tas de choses à faire : lire, faire la cuisine ou ranger un peu, si elle en avait envie.

Au lieu de cela, elle décida d'aller se promener. Le soleil était déjà haut dans le ciel, dardant ses rayons sur la route qui menait à Pont-Saint-Esprit. Même si elle s'était dit qu'elle allait simplement faire une promenade, elle savait où la dirigeraient ses pas.

Quand elle s'arrêta devant les hautes grilles, elle contempla le nouveau cadenas, neuf et brillant. Le château était redevenu inaccessible. A vrai dire, elle n'en était pas surprise. Chaque fois qu'ils étaient passés en voiture devant la propriété, elle avait constaté que les grilles semblaient solidement fermées. Luc n'avait émis aucun commentaire ; elle non plus.

Par lâcheté, songea-t-elle en se sentant envahie par un mélange de honte et d'irritation devant sa propre faiblesse.

Soudain, elle se rendit compte de tout ce qui manquait dans leur relation. Elle se trouvait devant les grilles verrouillées du château, seule et triste, alors qu'elle aurait dû être près de lui à Paris ou, tout au moins, se sentir à l'aise et en sécurité à la ferme, sans crainte ni inquiétude.

Lentement, le cœur affreusement serré, elle détourna les yeux de la propriété abandonnée.

A cet instant, le bruit d'un moteur de voiture résonna au loin et le véhicule apparut bientôt avant de s'arrêter à quelques mètres des grilles. Une femme élégante, âgée d'une cinquantaine d'années, en descendit puis se dirigea vers elle d'un air déterminé.

Abigail se sentit traversée par une inquiétude subite : Luc avait-il vendu le château ? Cette femme était peut-être la nouvelle propriétaire…

— Bonjour, vivez-vous ici ? demanda celle-ci d'une voix un peu sèche.

— Bonjour. Non, je ne faisais que regarder.

La femme sembla soulagée.

— J'avais espéré…, murmura-t-elle, comme pour elle-même.

— Espéré… ? répéta Abigail, piquée par la curiosité.

— Non, vous ne l'avez pas épousé, reprit l'inconnue, toujours comme si elle se parlait à elle-même. Sinon, je l'aurais appris par les journaux.

Il y avait quelque chose de presque possessif dans sa façon de s'exprimer et cela mettait Abigail mal à l'aise.

— Parlez-vous de Luc Toussaint ? demanda-t-elle. Vous le connaissez ?

— Oh, oui, je le connais, répondit la femme avec un petit rire bref. Ou plutôt, je le connaissais. Nous ne nous sommes pas vus depuis presque deux ans, depuis les funérailles de ma fille.

Elle avait parlé d'un ton neutre, dénué de toute émotion et pourtant, Abigail sentit un chagrin immense en elle, sans doute trop profond pour être exprimé par des mots.

— Vous êtes la mère de Suzanne, dit-elle doucement.

— Mireille Roget, confirma la femme. Il vous a parlé de Suzanne ?

— Oui, bien sûr. Il…

Comment aurait-elle pu parler de ce que Luc ressentait ? Elle-même ne le savait pas vraiment.

— Il regrette beaucoup sa mort, dit-elle simplement.

— Je le sais. Mon Dieu, tout le monde le sait ! Il s'est assez flagellé. Fermant le château, quittant la région…

Elle désigna les grilles fermées.

— Quand je vous ai vue, j'ai pensé qu'il avait peut-être rouvert le château, qu'il s'y était réinstallé.

— Vraiment ? fit Abigail avec surprise.

— Perdre ma fille était déjà assez affreux, mademoiselle, répondit Mireille Roget en hochant la tête, mais voir une autre vie gâchée ne fait qu'ajouter à mon chagrin. Je sais que Luc se sent responsable du malheur de Suzanne et peut-être même de sa mort, mais il n'y était pour rien.

— En effet, dit calmement Abigail. Il se sent toujours coupable.

— J'espérais… Mais il vit avec vous, n'est-ce pas ? Il avance peut-être ?

— Peut-être, répondit-elle d'une voix tremblante.

Soudain, elle se sentit au bord des larmes et Mireille Roget s'en aperçut.

— Ce n'est pas l'endroit idéal pour une discussion. Venez, je vous emmène à Pont-Saint-Esprit. J'y allais de toute façon, nous prendrons un café. Je crois que parler nous fera du bien à toutes les deux.

Même si elle ne la connaissait pas, Abigail avait confiance en cette femme au regard bleu clair, doux et meurtri.

Quelques minutes plus tard, installée à la terrasse fleurie d'un café, elle écoutait Mireille lui donner sa version des faits.

— Suzanne adorait Luc, elle le vénérait comme le grand frère qu'elle n'avait pas eu.

Mireille soupira et serra sa tasse entre ses doigts fins.

— Ce qui n'était pas, comme vous pouvez l'imaginer, la meilleure base pour un mariage.

— Non, approuva Abigail.

— Il l'aimait beaucoup, reprit Mireille. Il se montrait attentionné envers elle, mais ce n'était jamais assez pour Suzanne.

Elle soupira de nouveau.

— Rien n'aurait jamais été *assez*. Elle avait toujours été encline à la mélancolie, déjà toute petite, et je suppose que cela n'a fait qu'empirer après son mariage. Je l'aimais tant, cela me déchire encore de penser à quel point elle a dû être malheureuse. Enfin jusqu'à ce qu'elle…

Mireille s'interrompit en secouant la tête et prit une gorgée de café pour se ressaisir.

— Jusqu'à ce qu'elle… ? l'encouragea doucement Abigail.

— Elle avait décidé de demander le divorce, répondit Mireille, les yeux brillant de larmes contenues. Je ne l'ai jamais dit à Luc, parce que je savais qu'il se sentirait responsable de l'échec de leur mariage. Mais en réalité, ce mariage n'aurait jamais dû avoir lieu. Suzanne commençait enfin à s'en rendre compte.

Elle porta de nouveau la tasse de café à ses lèvres avant de continuer.

— Le jour où elle est morte, elle venait chez moi. Elle m'avait appelée pour me dire qu'elle avait finalement décidé de vivre sa vie. Elle s'était inscrite pour reprendre des études à Paris, dans le but de devenir institutrice. C'était ce qu'elle avait toujours désiré faire, elle y avait renoncé pour assumer son rôle de châtelaine.

Elle haussa les épaules.

— Elle avait tant de mal à l'assumer… Mais elle craignait de l'avouer à Luc et lui cachait même sa souffrance. Le pauvre, il ne l'a su qu'après sa mort.

— Elle venait vous voir et elle était heureuse ?

Abigail avait besoin de ces précisions, c'était vital pour elle.

— Oui, elle était heureuse, pour la première fois depuis des années. Cela me réconforte de savoir cela.

Abigail sentit son cœur battre sourdement.

— Luc se demande si… si Suzanne avait eu l'intention de…

Mireille fronça les sourcils un instant, comme si elle cherchait à comprendre ce qu'Abigail n'arrivait pas à formuler.

— Vous voulez dire, si elle a volontairement provoqué cet accident pour mettre fin à ses jours ? Non. Elle avait enfin décidé de reprendre sa vie en mains. Elle ne s'est pas suicidée, je peux vous l'affirmer.

— Je suis heureuse de vous l'entendre dire, murmura Abigail. Pour elle, autant que pour Luc.

— Pas étonnant qu'il se torture à ce point. L'enquête a conclu qu'un animal avait peut-être bondi sur la route et que Suzanne aurait braqué pour l'éviter.

Elle sourit d'un air triste.

— Elle portait un amour ridicule aux petits animaux alors que moi, je n'hésite pas à les mettre dans la cocotte !

— Mireille, je vous remercie de m'avoir parlé, dit Abigail en posant sa main sur la sienne. J'espère, de tout mon cœur, que cela va changer quelque chose.

— Avec Luc ?

Elle contempla un instant le ventre d'Abigail.

— Vous l'aimez ? reprit-elle après un silence.

— Oui, chuchota-t-elle.

— Alors je vais prier pour vous, dit Mireille en serrant sa main dans la sienne. Luc a besoin d'aimer vraiment quelqu'un et de se laisser aimer.

Incapable de dire un mot, le cœur rempli d'un espoir immense, Abigail se contenta de hocher la tête.

Lorsque Mireille la ramena à la ferme, elle se sentit trop lasse pour parler. Appuyant la tête en arrière, elle ferma les yeux et dut s'endormir car, soudain, elle sentit Mireille lui tapoter doucement l'épaule.

— Abigail, nous sommes arrivées.

— Comment ? fit-elle en clignant des paupières.

Elle voulut se redresser et ouvrir la portière, mais une sorte de voile se baissa devant ses yeux. La voix de Mireille lui parvint comme à travers un brouillard.

— Abigail, vous allez bien ?

— Oui…

Une sensation bizarre naquit entre ses cuisses. Baissant les yeux, elle vit alors le sang qui tachait son jean et le siège de la voiture. Cette tache s'élargissait très rapidement. Comment pouvait-il y avoir autant de sang ? se demanda-t-elle confusément.

Puis le voile se fit plus épais et elle perdit connaissance.

En plein milieu de la réunion, Luc entendit son mobile vibrer. Devant lui s'étalaient les documents relatifs à la vente du château Mirabeau.

— Excusez-moi, dit-il à ses interlocuteurs en prenant son appareil. Luc Toussaint, je vous écoute ?

— Luc, c'est Mireille.

Au son de la voix de son ancienne belle-mère, une tension affreuse s'empara de lui. Il ne lui avait pas parlé depuis des mois et cet appel le ramenait deux ans en arrière.

— Il y a eu un accident.

Durant quelques instants, il ne put croire qu'elle avait prononcé ces mots, exactement les mêmes que ce jour-là, alors qu'il se trouvait dans une pièce ressemblant à celle où il se trouvait maintenant. Tout s'était soudain dissous dans un gouffre profond et noir.

Le cauchemar recommençait.

— Abigail, dit-il d'une voix affreusement rauque. Pourquoi… Comment se fait-il que ce soit *vous* qui m'appeliez à son sujet ?

— Nous nous sommes rencontrées ce matin. Nous avons pris un café ensemble et…

— Non ! fit-il en fermant les yeux et en étouffant un sanglot.

Il ne pouvait supporter d'entendre ce qui allait suivre,

de voir le monde s'effondrer de nouveau et cette fois, ce serait…

— Luc, non ! Ce n'est pas cela. Elle est vivante. Mais le bébé… Elle a été transportée à l'hôpital.

Une résolution farouche balaya alors ses craintes horribles.

— Je serai là dans deux heures.

Sans attendre la réaction de Mireille, il referma son mobile en se levant brusquement.

— Monsieur le comte ?

Il cligna des yeux et contempla les documents étalés sur la table. Avec une clarté aveuglante, il comprit qu'il avait été sur le point de commettre une erreur stupide.

— Excusez-moi, murmura-t-il.

Sur ces mots, il quitta la pièce rapidement. Une seule chose comptait : la vie d'Abigail.

Abigail. La femme qu'il aimait. Il ne la perdrait pas. C'était *impossible.*

Tout en se réveillant lentement, Abigail comprit qu'elle se trouvait dans une chambre d'hôpital. Aussitôt, elle posa les mains sur son ventre et poussa un cri. Là où il y avait eu un renflement plein de vie, il n'y avait plus rien.

— Mon bébé, gémit-elle d'une voix désespérée.

A cet instant, elle aperçut une silhouette à côté du lit. Luc. Il tendit les mains et les posa sur les siennes avant de les caresser doucement.

— Elle va bien, Abigail. Elle est saine et sauve.

— Où… ?

— Tu as été hospitalisée en urgence et on a dû te faire une césarienne. Le placenta s'était décollé et tu as eu une hémorragie. Tu courais un grave danger. Mireille l'a compris et t'a emmenée directement à l'hôpital. Ils t'ont opérée immédiatement et notre fille va bien. Elle est toute petite, mais en parfaite santé.

Il s'était exprimé calmement, mais Abigail percevait les émotions qui se bousculaient en lui.

— Tu es revenu, murmura-t-elle.

— Mireille m'a appelé sur mon mobile. Je n'aurais jamais dû te laisser seule.

Sa voix se fit moins assurée.

— Je pensais qu'une journée… Dieu merci, tu es sauve. Vous êtes sauves toutes les deux.

— Je peux la voir ?

— Elle est dans une unité spéciale pour l'instant, parce qu'elle est née prématurément, mais je vais faire en sorte qu'on te l'amène le plus rapidement possible.

Abigail hocha la tête en silence. Elle se sentait incroyablement proche des larmes, en proie à un tumulte d'émotions, fait de peur, d'espoir et d'amour.

— Je suis contente que tu sois là, murmura-t-elle.

— Je regrette seulement de ne pas être arrivé plus tôt. Je n'aurais jamais dû m'en aller.

— Comment aurais-tu pu deviner ce qui allait se passer, après cette échographie rassurante ? Tu ne peux pas être toujours avec moi.

— Non.

— Luc…

— Chut ! l'interrompit-il en lui tapotant la main. Je vais te laisser te reposer, maintenant. Une infirmière viendra bientôt t'amener notre fille, je reviendrai tout à l'heure.

Puis il se leva en lui souriant, mais Abigail remarqua à quel point il semblait distrait, distant même. Le cœur affreusement lourd, elle détourna la tête pour qu'il ne voie pas les larmes qui se pressaient dans ses yeux.

— D'accord, chuchota-t-elle.

14.

Luc gara la voiture devant les grilles éclairées par la lune. Il était venu directement de l'hôpital, après avoir quitté Abigail, assise sur son lit, tenant leur petite fille dans ses bras. Emilie Charlotte était adorable, semblable à un bouton de fleur épanoui au soleil. Rien qu'à la pensée de sa petite bouche rose et de ses minuscules poings fermés, une émotion intense l'envahit.

Il resta assis derrière le volant durant un long moment, écoutant le vent bruire dans les arbres, puis sortit du véhicule et se dirigea vers les grilles.

La clé tourna facilement dans le cadenas neuf et il s'avança bientôt dans l'allée familière, le bruit de ses pas résonnant sur les graviers. Devant lui se dressait la silhouette sombre et massive du château plongé dans l'obscurité, mais il le connaissait si bien qu'il n'hésita pas un seul instant et gravit rapidement les quelques marches qui menaient à la porte principale.

Quand il poussa le panneau, le bois grinça et Luc entra calmement dans le hall. Une fois à l'intérieur, il s'immobilisa et huma l'air de la pièce. A présent, il s'en dégageait une odeur de poussière et d'humidité, mais il percevait néanmoins un léger parfum de lavande qui perdurait.

Lentement, il s'aventura dans les pièces du château. Le jour où il s'était rendu compte de son attachement, de son *obsession*, pour la vieille bâtisse, il avait compris que cela avait coûté une vie. Ce jour avait été le plus horrible de sa vie. Il s'était senti coupable, honteux, en proie à un chagrin incommensurable, à tel point qu'ensuite, il s'était fermé à tout pour ne plus rien ressentir.

Aimer le château avait été moins dangereux qu'aimer quelqu'un, les monuments ne mouraient pas, ils ne pouvaient pas vous faire mal et on ne pouvait pas les décevoir. Il s'en rendait maintenant compte avec une lucidité aveuglante.

Luc soupira profondément. Il était las des déceptions, il en avait assez de la culpabilité et était exténué par la peur. Jamais il n'avait eu aussi peur que lorsque Mireille l'avait appelé pour lui annoncer qu'Abigail était à l'hôpital. Il avait alors senti sa vie basculer et toutes ses certitudes avaient été réduites en cendres en quelques secondes. Il frissonnait encore de terreur à ce souvenir.

Il avait cru qu'aimer Abigail serait difficile, que le risque de lui faire mal était trop grand. Il s'était fermé à toute idée de futur avec elle à cause des risques, mais quand il avait pris conscience qu'il pourrait la perdre, il avait compris la vérité : sa disparition serait pire que tout.

A présent, il se trouvait devant un choix : il pouvait retourner à son insensibilité, à la sécurité, à un état dépourvu d'émotions où il ne blessait personne et n'était blessé par personne. Il laisserait alors le château fermé et sans vie, à moins qu'il ne le vende, comme il avait été sur le point de le faire, espérant ainsi abolir le passé.

Ou alors, il prenait le risque de choisir l'amour plutôt que la sécurité, la vie plutôt que l'insensibilité, même si cela impliquait le risque de souffrir atrocement.

Le plancher craqua sous ses pas, comme si le château poussait un soupir plaintif. Lentement, Luc tendit la main et prit une housse entre ses doigts. Il tira d'abord doucement, puis plus fermement, jusqu'à ce que le tissu tombe sur le sol.

Abigail se promenait de pièce en pièce en berçant sa fille dans ses bras. Cela faisait une semaine qu'Emilie était née, et tout semblait encore nouveau et fragile. Incertain…

Elle contempla son visage endormi. Une chose était certaine, songea-t-elle, la vie de sa fille irradiait comme un soleil, pure, absolue.

— Je vais la coucher, dit-elle à Luc qui venait d'apparaître sur le seuil, l'air à la fois distrait et tendu.

— J'ai transporté toutes ses affaires dans le bureau, dit-il, puisque tu ne dois plus monter d'escalier pour l'instant.

— Quelles affaires ?

— Pendant que tu étais à l'hôpital, j'ai commandé quelques bricoles à Paris, fit-il avec un sourire embarrassé.

Abigail hocha la tête et se dirigea vers le bureau. Après avoir ouvert la porte, elle s'arrêta net devant les transformations qui y avaient été opérées. Les murs étaient recouverts d'un tissu blanc et rose et un grand berceau blanc se trouvait face à la fenêtre. Il y avait aussi une belle commode ancienne, et une bonne vingtaine de jouets.

— Tu as vraiment fait du shopping, dit-elle en souriant.

— Nous aurions dû nous en occuper plus tôt.

— Nous n'étions pas vraiment prêts, n'est-ce pas ?

Ils avaient tous deux refusé de regarder la réalité en face, craignant d'affronter le futur, songea-t-elle. Mais à présent, ils *devaient* le faire.

Après avoir déposé Emilie dans son berceau, elle borda délicatement la fine couverture blanche puis se retourna.

Luc se tenait dans l'encadrement de la porte, l'air émerveillé. Tout en redressant les épaules, elle le regarda dans les yeux.

— Luc…, commença-t-elle en se dirigeant vers lui.

Doucement, il lui posa un doigt sur les lèvres.

— Tu vas réveiller Emilie.

— Alors, allons dehors, dit-elle fermement.

Une fois sortie de la pièce, elle se dirigea d'un pas décidé vers la terrasse. Il faisait délicieusement chaud et toutes sortes de parfums embaumaient l'atmosphère paisible.

Rassemblant tout son courage, elle se tourna vers Luc.

— Je vais rester ici quelques semaines pour me rétablir complètement, mais ensuite, je crois que je ferais mieux de partir.

Elle avait parlé avec beaucoup plus de détermination qu'elle n'en ressentait, alors qu'une désolation terrible avait pris possession de son cœur, de tout son être.

Pendant quelques instants, Luc eut l'air choqué, horrifié, et l'espoir rejaillit en elle. Puis son visage se ferma complètement. Abigail eut alors l'impression que son cœur se déchirait.

— Si c'est ce que tu désires, dit-il d'un ton neutre.

Quelle petite phrase exemplaire ! songea Abigail avec un sursaut de colère. Quels mots horribles après tout ce qu'ils avaient partagé !

— C'est tout ce que tu as à répondre ? demanda-t-elle d'une voix rauque.

— N'est-ce pas ce que tu désires que je dise ? répliqua-t-il sourdement.

— Ce que je désire ? répéta-t-elle d'une voix étranglée. Qu'avons-nous fait pendant ces derniers mois, Luc ? Nous avons pris du bon temps. Ni toi ni moi n'avons jamais fait allusion au futur, à ce qui allait se passer. Nous n'avons jamais…

Elle respira à fond et se força à continuer.

— Nous ne nous sommes jamais dit ce que nous ressentions l'un pour l'autre.

Comme il ne réagissait toujours pas, Abigail sentit ses derniers espoirs s'évanouir.

— Nous avons refusé de regarder la réalité en face, mais nous ne le pouvons plus, à présent. En tout cas, moi, je ne le peux plus. Je désire autre chose, davantage, et je me rends compte que ce n'est pas possible avec toi.

Luc ne disait pas un mot, ne cillait pas, restait inerte.

— Alors ? lui lança-t-elle durement. Tu ne vas rien me dire ? Même pas au revoir ?

— Je devrais te laisser partir, répondit-il après un long silence. C'est ce que je ne cesse de me répéter depuis des jours, des semaines. Je me dis que tu serais mieux sans moi.

— Tu es sûr que tu ne veux pas plutôt dire que toi, tu serais mieux sans moi ? répliqua-t-elle vivement. Je ne te laisserai pas te cacher derrière tes peurs plus longtemps, Luc. Tu m'as dit une fois que tu étais parti parce que tu ne voulais pas me faire mal. Sois honnête, c'est toi qui as peur de souffrir.

Il la regarda avec une incrédulité totale.

— Parce que l'amour, cela fait mal, n'est-ce pas ? continua-t-elle. Aimer quelqu'un, cela vous ouvre à la souffrance, à la *possibilité* de souffrir, cela peut être totalement terrifiant, c'est vrai. Tu sais, après cette nuit où tu m'as laissée seule à l'hôtel et lorsque, ensuite, ma carrière est tombée en ruines, je me suis sentie devenir insensible. Je sais donc que cela peut sembler insurmontable. Parfois, c'est même nécessaire, pendant un certain temps, cela fait partie du deuil. Mais à la fin, il faut rejoindre les vivants. Tu dois avancer, tu dois choisir. Choisis la vie, choisis l'amour !

Elle se tut un instant avant d'ajouter :

— Choisis-moi.

Il laissa échapper un soupir haché.

— C'est ce que je désire, dit-il d'une voix à peine audible. Mais…

Il inclina la tête et ses épaules s'affaissèrent, tandis qu'il se couvrait le visage d'une main.

— J'ai si peur, murmura-t-il.

— Oh, Luc…

Sa voix se brisa et elle s'avança vers lui avant de le prendre dans ses bras. Il se laissa faire, les épaules tremblantes, silencieux. Ils restèrent enlacés pendant un long moment, puis il releva la tête et pressa son front contre le sien.

— L'autre jour, commença-t-il d'un ton hésitant, après avoir quitté l'hôpital, je me suis tout à coup demandé si tout ce que je me répétais, tout ce que je croyais… J'ai soudain pensé que ce n'était peut-être pas vrai. Exactement comme tu viens de le dire, Abigail. Tu me connais si bien.

Il lui caressa doucement la joue.

— Je croyais que tu serais mieux sans moi. Je croyais que je te décevrais ou te ferais souffrir. Mais ensuite, lorsque je suis allé au château, j'ai compris…

— Tu es allé là-bas ? chuchota Abigail, sentant l'espoir renaître en elle.

— Oui. J'étais sur le point de le vendre, ce jour-là, à Paris. Je pensais que cela m'aiderait à oublier le passé. Mais on ne peut échapper à son passé, on ne peut qu'essayer d'en guérir.

Il glissa les mains sous ses cheveux.

— Abigail, je pensais agir avec noblesse, te protéger. Mais tu as raison, je ne faisais que me protéger moi-même.

Osant à peine respirer, elle attendit qu'il continue.

— J'avais peur de mes émotions… de l'amour. Peur de te faire mal, mais aussi d'avoir mal. J'ai agi égoïstement en te quittant, en te disant que je ne pouvais te donner ce dont tu avais besoin. J'étais poussé par le besoin de me protéger, non par les motivations altruistes que j'attribuais à mes actes.

— Mais à présent, tu regardes les choses en face, murmura-t-elle. Pourquoi ?

— Parce que quand je t'ai vue à l'hôpital, si pâle, j'ai…

A cet instant, sa voix s'éteignit et Abigail vit des larmes briller dans ses yeux.

— J'ai compris que je pouvais te perdre… vraiment te perdre. Et cela m'a terrifié, Abigail.

Un faible sourire se dessina sur ses lèvres.

— Pendant tout ce temps, je me répétais que je devrais te laisser partir et, tout à coup, quand cela est devenu un risque réel... Je suis parti de l'hôpital dans un état de terreur épouvantable. Je fuyais, je suppose, parce que les émotions qui s'étaient emparées de moi me terrifiaient. Quand je suis arrivé au château, j'ai compris que je ne pouvais pas le vendre, que je ne le devais pas. Il fait partie de moi, le vendre ne résoudrait rien.

— Luc, tu sais ce que m'a dit Mireille, à propos de l'accident ?

— Oui. Elle me l'a raconté également, répondit-il calmement, quand tu étais à l'hôpital. Non seulement je suis heureux de savoir que Suzanne ne s'est pas suicidée, mais je comprends que le problème venait de moi, pas d'elle.

Il inspira profondément.

— Alors la question est de savoir si toi aussi, tu m'aimes.

— Si je t'aime ? répéta-t-elle, ne pouvant plus contenir sa joie. Oui, je t'aime, Luc. Et je choisis l'amour, moi aussi.

Il l'entoura alors de ses bras et l'attira doucement et fermement contre lui.

A cet instant, un cri aigu s'éleva dans l'atmosphère.

— Et quelqu'un d'autre choisit aussi..., murmura-t-il en souriant,... de se réveiller.

Épilogue

Trois mois plus tard

Lorsque Luc franchit les grilles et engagea la voiture dans l'allée, la lumière dorée de septembre nimbait le château. Dans les jardins, les dernières fleurs de l'été exhalaient leur parfum délicat.

Après s'être garé, il alla ouvrir la portière pour prendre Emilie qui dormait à l'arrière, tandis qu'Abigail sortait du véhicule.

— Ferme les yeux, dit-il.

— Pendant combien de temps ?

— Jusqu'à ce que je te permette de les rouvrir.

Puis il lui prit la main et elle comprit qu'il l'entraînait vers les marches qui menaient à la porte principale. A l'intérieur du château, cela sentait bon la cire et les roses. Abigail mourait d'envie de voir les changements que Luc avait fait effectuer, mais garda docilement les yeux fermés.

— Où m'emmènes-tu ?

— Tu verras bien.

Un peu désorientée, elle se laissa conduire à travers les pièces jusqu'à ce que Luc s'arrête. Sentant alors le soleil ruisseler sur son visage, elle comprit.

— Tu peux rouvrir les yeux.

Elle souleva ses paupières lentement, avant de cligner légèrement des yeux. Le salon de musique baignait dans une lumière transparente, le somptueux Erard, entièrement restauré, se dressait fièrement dans la pièce, tout en dorures et en doux reflets satinés. Quelques sofas et fauteuils avaient été installés autour de l'instrument, prêts à accueillir les auditeurs d'un concert informel.

Abigail se dirigea vers le piano, avant de s'arrêter à côté du tabouret. A présent, cela faisait presque dix-huit mois qu'elle n'avait pas vraiment joué. Ses doigts la démangeaient, impatients de faire naître la musique, de caresser les touches recouvertes d'ivoire et d'ébène.

Elle se retourna et vit Luc qui la contemplait depuis le seuil du salon. Tenant leur fille dans ses bras, il semblait l'encourager en silence. Abigail se mit à jouer.

Le premier mouvement de l'*Appassionata* déferla alors dans la pièce, les enveloppant de ses sonorités rondes et fluides, mais maintenant, cette sonate ne contenait plus aucune tristesse pour Abigail.

Au contraire, ses accents ardents résonnaient joyeusement, comme une ode à la vie, songea-t-elle en fermant les yeux.

Lorsque la dernière note s'éteignit, elle se retourna vers Luc et sentit les larmes rouler sur ses joues. Mais c'étaient des larmes de joie. Tout en les essuyant, elle lui sourit.

— Merci.

— Moi aussi je te remercie, dit-il d'une voix grave.

Toujours en souriant, elle se dirigea vers lui et le prit par la main pour l'emmener sur la terrasse. Là, ils contemplèrent les prés et les vignes des Toussaint, qui s'étendaient jusqu'aux rives du Rhône coulant nonchalamment au loin. Toutes ces terres appartiendraient un jour à Emilie, songea-t-elle en se tournant vers sa fille, toujours endormie dans les bras de son père.

A cet instant, un oiseau poussa son doux chant. Le cœur empli de bonheur, Abigail comprit alors, au plus profond d'elle-même, qu'une harmonie profonde régnait désormais au château Mirabeau.

Si proche de l'ennemi, de Dani Collins - N°4580

Pour sauver l'entreprise à laquelle elle a tant donné, Ilona s'apprête à épouser l'homme qui veut ruiner sa famille ! En effet, c'est bien connu, mieux vaut garder proches ses ennemis… Et puis, même s'il est cynique et arrogant, Léandre Vasilou pourrait lui apporter l'indépendance à laquelle elle aspire depuis si longtemps. Seul problème : alors qu'Ilona voudrait pouvoir haïr Léandre, et le tenir à distance, son traître de cœur bat furieusement pour lui. Au point qu'elle rêve de voir leur union de convenance se transformer en mariage d'amour…

Promise à un comte, de Nina Milne - N°4581

Parce qu'elle a commis l'impardonnable erreur d'être née fille, Adriana est le mouton noir de la famille. C'est bien simple, son père, lord Salvington, ne la supporte pas ! Mais le jour où leur domaine menace d'être perdu Adriana oublie toute rancœur pour accomplir ce qu'elle sait être son devoir. En proposant à Rob Wilmington, le mystérieux comte de Darrow, de l'épouser, elle scelle bientôt une alliance capable de sauver l'héritage familial…

Un fantasme pour patron, de Lucy King - N°4582

Elle s'est endormie… dans le lit de son patron ! Réveillée en sursaut par la voix furieuse de Duarte de Castro, Orla peine à reprendre ses esprits. Comment expliquer à cet homme intransigeant qu'elle s'est écroulée de fatigue, alors qu'elle préparait la Casa do São Romão en vue de l'arrivée de son propriétaire ? Comment lui révéler qu'elle rêvait de lui au moment même où il surgissait, plus sexy encore que dans ses fantasmes ?

La beauté de Svardia, de Pippa Roscoe - N°4583

SÉRIE : *LE ROYAUME DE SVARDIA* - 3/3

Quatre mois plus tôt, Aleksander est monté sur le trône de Svardia, le royaume de Scandinavie. Une responsabilité à laquelle il était préparé, ou presque. S'il est résolu à transformer son pays en une nation prospère et tournée vers le progrès, l'idée de produire un héritier lui paraît une tâche ardue. En effet, comment s'allier à l'une des femmes insipides qu'on lui présente comme des partenaires idéales, quand son cœur ne bat que pour l'innocente Henna, qu'il n'a pourtant pas le droit de faire reine ?

La princesse du Kansas, de Caitlin Crews - N°4584

SÉRIE : *ROYALEMENT SCANDALEUSE* - 1/2

Delaney travaille dur pour garder à flot la ferme familiale, isolée au milieu des Grandes Plaines du Kansas. Quelle n'est pas sa surprise de voir débarquer un matin un convoi de luxueux SUV, d'où émerge bientôt un homme fascinant… Charismatique et beau comme un dieu, Cayetano Arcieri a une révélation à lui faire : Delaney est une princesse, l'héritière perdue de la Couronne d'Île d'Montagne ! Et s'il est là aujourd'hui c'est pour la ramener dans leur pays, au large de la Méditerranée, où elle deviendra bientôt sa reine…

Amber et le prince rebelle, d'Ally Blake - N°4585

Trahi le jour de ses noces, le prince Hugo fuit en Australie, incognito. Là, il rencontre Amber, une jeune femme dont la liberté de penser et la joie de vivre lui offrent un précieux réconfort. Dans ses bras, il oublie pendant un moment son pays, son devoir.. jusqu'à ce que la réalité le rattrape. Quand Amber se découvre enceinte de lui, Hugo n'a d'autre choix que de lui révéler sa véritable identité, tout en sachant que celle qui fait battre son cœur n'a rien de la princesse à laquelle il est supposé lier son existence…

Un époux à convaincre, d'Anne McAllister - N°4586

Elle était mariée… avec Dominic Wolfe. S'il n'avait pas été là, près d'elle, dans ce lit qui était maintenant le leur à New York, Sierra ne l'aurait pas cru. Car tous deux n'ont rien en commun, si ce n'est cette incroyable entente charnelle. Dans l'intimité, Dominic n'est plus l'homme d'affaires au costume impeccable, et elle la coiffeuse excentrique. Dans le secret de la chambre à coucher, ils sont simplement un homme et une femme en proie au même désir irrépressible Hélas ! la passion ne dure pas. Et si Sierra rêve que Dominic partage un jour ses sentiments elle sait aussi qu'il s'est juré de ne plus aimer, et qu'il faudra bien davantage que des corps-à-corps torrides pour transformer leur mariage d'intérêt en une véritable union…